顾爷爷讲中国民间故事

⑤

（明清）

顾希佳

编写

北京联合出版公司
Beijing United Publishing Co.,Ltd.

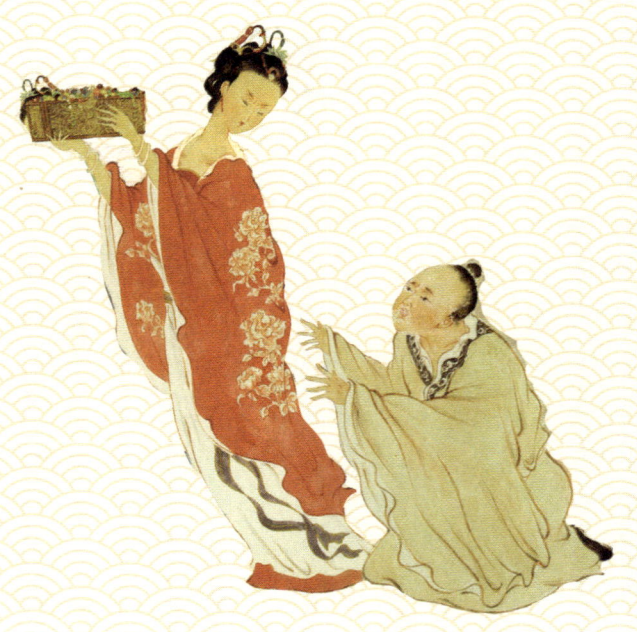

目 录

刘伯温得书 …………… 1
沈万山借盆 …………… 4
秀才对课 …………… 8
马伶学艺 …………… 13
况钟上任 …………… 17
成名捉蟋蟀 …………… 22
秦淮健儿 …………… 28
荆茅求雨 …………… 35

杜十娘沉箱 …………… 40
铁伞毛生 …………… 50
熊廷弼赠瓜 …………… 55
麻风女情缘 …………… 59
三义士 …………… 71
鹤秀塔 …………… 77
寻饷银 …………… 81
王六郎 …………… 87
崂山道士 …………… 92

叶生死义 …………… 97
蒲松龄写书 …………… 103
高士奇随銮 …………… 107
窦尔敦焚寺 …………… 111
叶天士学医 …………… 116
年羹尧拜师 …………… 123
书稿变白纸 …………… 129
惠因寺失珠 …………… 133

郑板桥受骗 …………… 139
袁枚受窘 …………… 148
盲人复仇 …………… 151
真假包龙图 …………… 154
空空儿挂珠 …………… 157
窦小姑保镖 …………… 161
庄麟放鲤 …………… 165
柳神护城 …………… 168
智擒水上飞 …………… 173

刘伯温得书

刘伯温年轻的时候,在家乡浙江青田的山中读书,很是用功。一天,忽然听得"轰隆隆"一声巨响,他连忙跑到屋外去看,只见一阵青烟过后,对面陡峭的石壁上裂开了一条一丈多宽的石缝。他觉得奇怪,连忙朝石壁跑过去,想进去看个明白。

于是,刘伯温硬着头皮挤进裂缝,想往里面钻。钻进里面一看,哈!竟是另外一番天地:一个一丈见方的石室,四周石壁上刻着云龙神鬼一类的图案,后壁正中四四方方的一块石壁,颜色特别白,简直像晶莹的白玉!再仔细一瞧,上面还刻着两个神像,面对面站着,手里捧着一块金牌,金牌上面写着"卯金刀,持石敲"。刘伯温一看,不禁喜出望外,心想:"卯金刀",不就是"劉"(刘)字吗?这不是明明在向我打招呼,要我去敲这块像白玉的石壁吗?好!他连忙捧起一块很大的石头,朝这块石壁用力撞去。

这一撞,石壁就裂开了,里面露出一个方形石盒子,打开一看,原来是厚厚的四卷书。刘伯温眼明手快,立即把书取了出来。说来也怪,藏书刚取出,裂开的石缝又合拢了,看不出有丝毫的裂缝。

刘伯温高兴极了,捧着书兴冲冲地回到家里,翻开书就读。可是读了好久,却怎么也读不懂,甚至有些字都不认识。附近又没有可以请教的人，怎么办呢？刘伯温只好带着这部书，到处游历，凡是遇到深山古刹，他必定进去拜访，希望有朝一日能遇见一位学识渊博的高人。

一天，刘伯温汗流浃背地爬上一座高山，走进一座道观，只见一个老道士正神态自若地靠在茶几上看书。他知道此人非比寻常，就恭恭敬敬地向老道士作揖施礼，恳求多加指教。老道士不理他，刘伯温就一直垂着双手站在旁边，一动也不动。过了很长时间，见这位年轻人彬彬有礼，又气宇非凡，老道士这才叫他坐下，举起自己手中两寸多厚的书，交给他。老道士要求刘伯温在十天之内把书读完，而且必须牢记，要背得出；如果能做到，才教他，不然的话，就说明他太笨，教也是白搭。

谁知道刘伯温接过书，只用了一夜工夫，就读完了，第二天去见老道士，一口气就背出了书的一半。老道士两眼一亮，忍不住称赞道："好，是个大才、奇才！"

于是，他叫刘伯温把从石室中得来的那四卷书给他看。他大体一翻，就明白了，对刘伯温说："这是部天书，原先有十二卷，一年十二月，正好一个月一卷书；又分成上、中、下三部，也就是说，人有天才、地才、人才之分，一才一部。你的这四卷是下部，也是最浅的一部，说的是治理世事的道理和方法。"说罢，老道士关起门来，一面详详细细地把书中的内容讲给刘伯温听，一面兴致勃勃地跟他探讨起天下大事来。

这一讲就讲了七天七夜，刘伯温基本领会了这四卷天书的精神。老道士很高兴，大大夸赞了他一番。但刘伯温还嫌不满足，再三请求老道士多讲一些。老道士捋捋胡须，笑吟吟地对他说："够了，够了！从前张良和诸葛亮每人都得到了六卷天书，我得到了八卷，而你得到的是四卷，虽说少了点，却已够你用一辈子了。你只要把这四卷天书里讲的道理和方法研究透彻，好好地加以运用，就一定能够激浊扬清，造福于民。除此之外，我不会多教，你也不必多问啦。"

说起刘伯温得天书，另外还有一种不同的说法。

说是元朝末年，瑞州上高县（今属江西宜春市）有个方术士*，名叫曾义山，他的家族世代都住在城外十五里的葫芦石畔，他曾经在城南的桥埠替别人算命。有个瞎子，每天走到他跟前乞讨时，曾义山总是很恭敬地招呼他。时间一长，那个乞丐很是感激，对他说："明天有三个人要路过这里，其中两人全盲，另一个人只有一只眼睛，他们都是有大本事的人，你可以向他们请求帮助。"第二天，果然有这样的三个盲人摸索着走过这里。曾义山不敢怠慢，悄悄地跟在他们身后，一直跟到了城北的鸬鹚洲，一看四周没人了，这才上前恭恭敬敬地向他们请教。其中一个瞎眼老人送给他一本书，书名叫《银河棹(zhào)》。曾义山读了以后，学问大增，料事如神。他临死的时候，对儿子说："某月某日，有个姓刘的人将到我家来拜访，你把这本书交给他，千万别让旁人知道了。"后来，刘伯温在江西高安做官，果然去拜访曾家。曾义山的儿子就把这本书送给了刘伯温。刘伯温读了这本书后，知道天下即将大乱，将要改朝换代了，所以就辞去元朝的官不做，回到青田老家潜心读书。后来他在南京跟随朱元璋打天下，立下了大功。

> 方术士
> 古代自称能访仙、炼丹，以求长生不老的人。

【故事来源】

据明朝焦竑(hóng)《玉堂丛语》和王文禄《龙兴慈记》综合译写。

 沈万山借盆

明朝初年，江南人沈万山一贫如洗，夫妻俩长年就靠一只小船，风里来雨里去，摸点螺蛳卖卖，靠这挣点钱，苦度光阴。

一天夜里，沈万山做了个梦，梦见一百多个小孩，身上穿着一样的绿衣裳，跪在地上苦苦求他救命。醒了之后，沈万山到河埠头去洗脸，看见一个渔翁正在岸边杀青蛙，再看那渔网里，足足有一百多只青蛙在乱蹦乱跳，好不可怜。他心里忽然一动：莫非梦里见到的小孩就是青蛙？他当即从怀里摸出仅有的十几个铜板，跟渔翁商量，说愿意用自己全部的家当买下这些青蛙来放生。渔翁见他一片诚心，便答应了。沈万山接过渔网，毫不犹豫地把它们全都放进了河里，看着青蛙"扑通扑通"地跳走了，他心满意足地离开了。

这天夜里，只听得河边的青蛙"呱呱呱"直叫，一直叫到了第二天天亮。沈万山心里感到很奇怪，便大清早赶到河边。他看到上百只青蛙围着一只灰瓦盆，觉得很诧异，就把瓦盆捡起来，洗洗干净，带回了家，心想：这只瓦盆用来洗洗手什么的，不是也蛮好的吗？

一天，沈万山的老婆要洗衣服，随手把一枚铜钱放在瓦盆里。一转眼工夫，盆里竟涨满了铜钱。沈万山这才恍然大悟：

哇！原来这是只聚宝盆。他把铜钱换成银子，放进盆里试了试。嘿，果然灵验！不一会儿，瓦盆里就涨满了银子。放金子，瓦盆里就涨金子；放珍珠，就涨珍珠……真是神极了！几年下来，沈万山就成了天下闻名的大财主。

沈万山之所以发了财，还有好几种说法呢。

其中一种说法是，传说有一次他在河边洗碗，一不小心，碗滑到河底去了。他下水去摸，碗没有摸到，却摸起来一大把精光溜滑的石卵子。有人告诉他，这是乌鸦石，一枚值好几万个铜钱呢。于是，他就发了财。

还有人说，沈万山大热天里在船舱板上睡觉，忽然看见天上的北斗星莫名其妙地翻了个身。他怕北斗星掉下来，就用自己的一条布裰去接。嘿，说来也怪，布裰里不知怎么地接到了一把勺子，亮晶晶的，形状和天上的北斗星很像。第二天天一亮，来了个老公公，身后有七个壮汉，一人挑着一副担子。老公公笑呵呵地对沈万山说："请你暂时替我保管一下这七副担子，过几天我会来取的。"谁知老公公一走，就再也没有回来。沈万山打开担子一看，里面全是金银财宝，据说那只聚宝盆也在里头。

沈万山究竟是怎么发财的？谁也说不清，但他发了财，而且是江南首富，这倒是千真万确的事。

那时候，朱元璋刚刚登基做皇帝，把京城定在南京后，就下令修造城墙。可是，由于连年战火，国库空虚，官府发不出饷银，所以城墙造得很慢。沈万山知道后，到南京对皇帝说，他愿替国家出一份力，修筑城墙的一半。结果呢，沈万山和皇帝一起造城墙，两家同时开工，最终沈万山的竟然比皇帝的还先完工三天。庆功宴上，明太祖亲自替沈万山斟酒，说他是"白衣天子"，沈万山因此出足了风头。不过这件事毕竟太过分,一个平民百姓竟比皇帝还要富,这让明太祖心里很不是滋味。

造南京城的时候,还发生了一桩奇怪的事情。原来,皇帝造的那一半城墙造到今天中华门的那一段,遇上了塌方。白天砌得蛮好的城墙,一到夜里就"哗啦啦"地坍塌了。如此反复几次,造来造去总是不成功。

没办法,朱元璋只好向刘伯温请教。刘伯温说:"这里原先是个大水潭,潭水直通东海龙宫,随你填多少泥土石块,都会被冲到大海里去的。下面有这样的无底洞,上面哪能砌城墙?"

朱元璋搔搔头皮,心急火燎地问:"难道就没有办法了吗?"

刘伯温说:"办法倒是有一个,只要找到一样宝贝,能一刻不停地涨出泥土石块来,就能填满这个无底洞了。"

到哪里去找这样的宝贝呢?朱元璋忽然一拍大腿,说:"有了!有了!"原来他也听说江南财主沈万山有只聚宝盆,放进一点金银财宝,就能涨出满满一盆金银财宝。如果有了聚宝盆,这个难题不就得到解决了吗?于是他立刻派刘伯温去借。

刘伯温找到沈万山,说明了来意,沈万山当然不肯借。后来刘伯温好说歹说,又一再保证说只借一夜,第二天鼓楼敲五更三点的时候一定来还,沈万山这才松了口。要知道人家是堂堂国师,又是皇帝派来的,总得给点面子吧。最后,他咬咬牙,把聚宝盆借给了刘伯温。

刘伯温把聚宝盆拿到工地上,装满泥土石块后,埋在了城墙下面,然后吩咐民工赶紧在上面造城墙。

沈万山在家里眼睁睁地等着鼓楼敲五更三点,谁知道一直等到太阳照进了窗户,也没听见鼓声。后来他才明白,原来刘伯温亲口下了道命令：南京城从此以后不再敲五更三点！

嘿，这不明摆着是赖账吗？沈万山气得直骂娘。

这一骂，骂出祸殃来了。明太祖朱元璋本来就对沈万山有气，要找他的碴儿，现在听说他在家里骂人，就越发要报复了。左查右查，听说沈万山在苏州铺了一条路，用的是清一色茅山石，便说沈万山有谋反之心。于是，他下了一道圣旨，将沈万山的家给抄了，不仅将万贯家财全部充公，还要杀沈万山。幸亏皇后马娘娘为沈万山求情，明太祖才没有杀他，而是将他发配到了岭南。沈万山因此吃足了苦头，后来听说他就死在了岭南。

当年埋聚宝盆的地方，就叫作聚宝门，也就是现今的中华门。

【故事来源】

据明朝孔迩(ěr)《云蕉馆纪谈》、明朝郎瑛《七修类稿》和清朝褚人获《坚瓠(hù)余集》等综合译写。

秀才对课

从前的读书人都会对课。据说，对课对得好，才能作诗写文章；如果连对课都对不好，就说明这个人学问平常，是要被人看不起的。

说起对课，有一个故事是蛮有意思的。据说在明朝初年，山东临清有个姓李的秀才，他家原先很有钱，可惜经历兵荒马乱，家道竟一天不如一天了。再加上他参加几次考试，次次都名落孙山，家境也越发不景气了。有一天，他回到家里一看，发现穷得连锅盖都揭不开了，真是山穷水尽啊。没办法，他只好厚着脸皮，到外面去乞讨。

李秀才一路走去，来到河边，看见一个老头子在那里钓鱼。老头子优哉游哉，好不自在。他想，这个人能在这里钓鱼，可见家里日子一定过得很富裕。于是，他上前去打招呼，想要向他借点钱。

老人问："你是干啥的？"

"秀才。"

"喔，读书人。读书人都会对课。我这里有个上句，你倒对对看。对得好，我一定借钱给你。"

"好哇，说出来让我试试。"

"你听着：一鱼一尺，量量九寸十分。"

这上联说的是钓鱼的事，普通得很，不过要对出下句，却不容易。李秀才搜肠刮肚，想了老半天还是对不出，只好红着脸，讪讪地走了。

秀才又走了一段路，遇见一个农夫在割稻。他心想，这人是种田人，家里总有余粮，向他借点粮食度饥荒，大概不成问题吧？谁知道他一开口，农夫就问他："你是干啥的？"

"读书的。"

"好哇，读书人必定会对课。我这里有个上句，憋在肚子里好久了，正好向你请教。"

"不敢。你说出来让我试试看。"

"谷黄米白饭如霜。"

这句一点也不错，说的就是稻米。不过要对出下句，可就难了。李秀才在田头踱来踱去，冥思苦想了老半天，还是一无所得，只好长叹一声，摇摇头走了。

再朝前走，他遇见了一个养鹿人。正好养鹿人的梅花鹿从绿豆园里跳出来，养鹿人即兴出了个上句"绿豆园中鹿跳出，鹿偷绿豆"，要秀才对下句。

李秀才又来了劲头，心想这回总有希望了，就拼命想下句，谁知道想一句不对，再想一句又不对，到头来还是对不上。他一张脸涨得通红，灰溜溜地走了。

再朝前走，他遇见一个放牛娃。放牛娃放牧的一群水牛正在池塘里洗澡，搅得水花四溅，好不有趣。放牛娃也缠着要他对课，李秀才有些发毛，悻悻地说："连你也要跟我较劲，对课就对课，难道我还怕你个小孩子不成？！"

放牛娃笑嘻嘻地说:"满饭好吃,满话可不好说。你听好了,上句是:水牛落水,水浸水牛头,唰波波。"

这个对课更难,总共才这么几个字,却像绕口令似的,最后还要来个"唰波波",对什么才好呢?李秀才绕着池塘走了三圈,下句没对出来,肚子却已经饿得咕咕叫了,没办法,只好朝放牛娃瞪了一眼,耷拉着脑袋走了。

再朝前走,他又遇见一个人在捉乌龟。一攀谈起来,捉乌龟的人听说他是个秀才,又要他对课。这个人说出的上句是:"龟毛绳缚树头风。"

李秀才挖空心思地寻找下句,还是对不上来,于是闷声不响,摇摇头又走了。

李秀才对课,对一次碰一次钉子,他越想越懊恼,实在没脸再回家了,一发狠,索性一直朝前走去。他晓行夜宿,风餐露宿,终于走到了北京城。

李秀才到北京那天,正好遇上元宵灯节,大街上人山人海,摩肩接踵,熙熙攘攘,好不热闹。这一年的彩灯也格外好看,百样彩灯争奇斗妍,看得大伙儿眼花缭乱,赞不绝口。李秀才在人群中挤来挤去,来到一家店铺门口,看见那里正好还有个空当,就挤了过去。

说来也巧,这一夜永乐皇帝也乔装改扮,穿了老百姓的衣服出来观灯,而且就站在了李秀才的边上。永乐皇帝观灯,越看越高兴,竟自言自语地也做起对课来,说道:"灯明月明,大明一统。"他出了上句,想要对下句,自己却一时对不上了。

却说李秀才一路对课,一路碰钉子,好不狼狈,不过有道是"吃一堑长一智",他一天到晚对课,毕竟还是有些长进的。现在，他听见边上又有人在做对课了，就随口对出了下句："君乐臣乐，永乐万年。"

嘀哈！这就叫"有心种花花不发，无心插柳柳成荫"。李秀才并不知道边上的人就是永乐皇帝，要是真的知道了，肯定会被吓住的，哪里还会对得这么好？现在这下句偏偏说到了永乐皇帝的心坎里。先不说这课对得十分工整，就是拍马屁也拍得恰到好处。永乐皇帝一听，连忙跟李秀才说起话来，问他姓啥叫啥，家住何处？这么一问，才知道他原来是个落第秀才，永乐皇帝当场就把他带回了皇宫。

第二天，永乐皇帝赐宴养心殿，宴席上堆满了山珍海味、琼浆玉液，李秀才受宠若惊，乐不可支。吃完了饭，永乐皇帝又兴致勃勃地要游御花园，并让李秀才陪同，想再考考他的文才。

两人走到了樱桃树边上，恰好有一只鹰正在偷吃樱桃。鹰看见有人过来，"扑棱"一声就飞走了。永乐皇帝说："樱桃树下鹰飞过，鹰盗樱桃。"

李秀才眼珠骨碌一转，顿时想到自己当初对来对去也对不上的一句话，现在倒对上了，他心中好不高兴，连忙接着说："绿豆园中鹿跳出，鹿偷绿豆。"

永乐皇帝点点头，说："不错。"

沿着弯弯曲曲的长廊走过去，远远看见有个宫女在当垆煮酒，永乐皇帝又出了个上句："炭黑火红灰似雪。"这句说的都是颜色，又全是炉里的事。

李秀才当即想到了农夫出的那句对课，他马上搬过来，说道："谷黄米白饭如霜。"这句真的全都对上了。

两人走到北海，看见有十只鸭子在水里游，永乐皇帝随口说道:"十鸭十池,许许三双四只。"

李秀才现在可有了经验,他马上想到了钓鱼老人出的对课,便接口说道:"一鱼一尺,量量九寸十分。"

两人又到了御果山,看见一群山羊正在山坡上吃草。永乐皇帝说:"山羊上山,山碰山羊角,咩哈哈。"

李秀才接口就说:"水牛落水,水浸水牛头,唰波波。"

两人走到桃源洞口,看见一只白兔从洞里窜出来,永乐皇帝说:"兔角杖挑塘底月。"李秀才不假思索,又对了个下句:"龟毛绳缚树头风。"

永乐皇帝好不高兴,心想:"这天下文人,我见得多了,哪有他这么敏捷的文才!"永乐皇帝心里一高兴,当场就钦赐他一个"状元出身",把他留在了身边;后来又一次次地给他升官,官职一直升到了吏部尚书呢!

【故事来源】

据民国初年汪大侠《奇闻怪见录》译写。

马伶学艺

明朝原先建都在南京，到了明成祖，都城才迁至北京。但南京仍旧保留了京都的一切建制，被称为"留都"，城里依然热闹非凡。那时候，已经时兴民间的戏班子了，各地的戏班子都赶到南京城里献艺，说演弹唱，花样多极了。其中最出色的有两个戏班子，一个叫兴化班，一个叫华林班。

有一天，一个富商存心要摆摆阔气，竟同时请了这两个最走红的戏班子，在同一个地方演戏。为了给自己捧场，他特地邀请南京的达官贵人、文人墨客一起来观赏，他们又都带了一大帮家眷来凑热闹。这么一来，场子里欢声笑语，熙熙攘攘，格外热闹。主人把兴化班安排在东面的戏台上演出，把华林班安排在西面的戏台上演出。两个戏班子演的又都是《鸣凤记》。说起这个戏，当时也是非常叫座的，讲的是相国夏言、兵部员外郎杨继盛等人和奸臣严嵩父子之间的一场你死我活的斗争，情节很是曲折，大家都爱看。

这种擂台戏实在不是闹着玩的，俗话说，不怕不识货，只怕货比货。这不是明摆着要一比高低吗？所以两个戏班子都格外卖力，生怕被对方比了下去。戏一场接一场地演，两边的音乐此起彼伏，抑扬顿挫，激昂时声震九霄，徐缓时荡气回肠。演了好长时间，两边一直是旗鼓相当，分不出高低来。

一阵锣鼓响过，剧情进入夏言和严嵩两个相国之间的一场舌战，争的是河套那个地方该不该收复。西边戏台上扮演严嵩的是个姓李的演员，东边的是个姓马名锦的演员，这两个人都是南京城里的名角儿。两人一上场，很快就分出了高低，姓李的演员扮严嵩，活灵活现，浑身都是戏，台下的宾客一下子就被他吸引住了，全都转向西台去看他的表演，并不断地喝彩叫好。有的人高兴得大喊，要拿酒来助兴。有的人干脆把座椅向西边戏台移过去，再也不看东边的戏台了。又过了一会儿，西台上的锣鼓越敲越起劲，东台上却是锣停鼓息，静悄悄的。这是怎么回事呢？主人奇怪起来，连忙派人到后台去问，原来是扮演严嵩的主角马锦觉得演不过姓李的，当场坍台了。他没脸再待下去了，已闷声不响地换下了戏装，一个人溜了。

马锦是兴化班的台柱子，台柱子一倒，兴化班顿时人心涣散，士气低落，再也没法重振雄风了。万般无奈，戏班索性停演散伙，大家各奔东西，自谋生路去了。华林班打败了对手，当然大出风头，一时间扶摇直上，在南京一带红得发紫。

谁知道事情并没有到此为止。三年之后，那个马锦竟又悄悄地回到了南京。他居然四处寻访当年兴化班的原班人马，好不容易才把当年的师兄师弟们全都请了回来，重新挂出了兴化班的牌子，想要重整旗鼓。他们做的第一件事就是去拜访三年前请他们演戏的那个富商，对他说："三年前的事，很对不起你。如今我们想再和华林班一起演一场《鸣凤记》，仍旧劳驾你出面举行一次宴会，把三年前看过戏的那些客人们全部请来，让大家好好乐一乐。"

那个富商看他们很是诚恳，就一口答应了下来。一时间，南京城里议论纷纷。有的兴致勃勃地说:"这个马锦失踪三年,居然敢东山再起,这里面一定有名堂。"也有的摇摇头说:"马锦还是原班人马,不过是三年前的败将,哪会有什么新花样?等着看热闹吧。"

这天,华林班仍旧在西台演出,兴化班在东台演出,一切照旧。鼓乐一起,戏就开了场。开头几折,无非是出将入相,两边倒也分不出什么高低来。不一会儿,演到了《河套》这一折,马锦仍旧扮演严嵩。这次他一上场,果然非比往常,一招一式,一言一语,无论是眼色神态,举手投足,他都有独到之处,活脱脱一个"严嵩再世"。嘿!他真可以说是把角色演活了。观众连声叫好,纷纷把椅子向东台移过去。

华林班那位演严嵩的姓李的演员也不觉大吃一惊,竟忘了自己是在演戏,直愣愣地在台前看起马锦的表演来。不一会儿,他索性穿着戏装就奔到东台去,一个劲地朝马锦叩头,再三恳求马锦收他做徒弟。

这一天,兴化班果然反败为胜,报了当年一箭之仇。

当天晚上,华林班的演员都心悦诚服地去拜访马锦,问他:"马师傅,想当初你也是当世数一数二的名角儿了,就是在演严嵩的这个戏里比李师傅略逊一筹。可见李师傅演严嵩的技艺已经到了登峰造极的地步。那么,你后来又是从哪位师傅那里学来这手绝活,居然又把李师傅远远地抛在后头了呢?"

马锦笑了笑,说道:"确实,三年前,天下已经没有人能超过李师傅了,李师傅又显然不会把他的绝活教给我,我该怎么办呢?为这事儿,我好几夜没有合过眼,想来想去,后来终于想出一个办法来。听说当今的相爷顾秉谦来自昆山,是当年严嵩这一类人物,于是我特地赶到京城,隐名埋姓,在顾相爷门下当了三年听差。我每天在书房里侍候顾相爷,察言观色,细心揣摩,久而久之,就把他的一举一动、一言一语都学到了手。你们问我拜了哪位师傅?喏,顾相爷就是我的师傅!"

　　华林班的演员们听了这番话,个个赞叹不已,对马锦更是肃然起敬,佩服得五体投地。

【故事来源】

　　据明朝侯方域《壮悔堂文集》译写。

 况钟上任

明朝宣德年间，有个了不起的清官，名叫况钟（字伯律，江西靖安人）。他先是在尚书吕震手下做小吏，后来在吕尚书的大力推荐下，做过主事、郎中，在宣德五年（1430年），朝廷又任命他做苏州知府。

况钟上任之前，吕尚书对他说："苏州是个藏龙卧虎的地方，历朝历代，出过不少能人。不过这几年情况却不好，做官的贪赃枉法，恶势力盘根错节，老百姓怨声载道，你想去拨乱反正，很不容易！"

况钟莞尔一笑，胸有成竹地对老师说："你的话，我都记住了。到了苏州，我会小心行事的。"

况钟到任后，第一天升堂的时候，他手下的大小官吏就捧着各种案卷、文书来向他请示汇报。每个人都想看看这位新官的反应，以此来掂掂他的分量。

谁知道况钟搔搔头皮，一脸惶惑，这里看看，那里瞧瞧，到后来索性两手一摊，对大家说："哎呀，这么多的事情，一时三刻哪能处理过来？不瞒诸位说，我况某人虽说也当了几年官，可从来没当过知府。再说了，苏州是个好地方，不是说'上有天堂，下有苏杭'么？我对苏州这个地方的风俗民情也很是陌生。今天第一天上任，处理问题难免顾此失彼，权衡不当。诸位都是官场

老手了,在苏州府任职多年,肯定见多识广,经验丰富,该怎么办,你们先说说吧。"

手下的官吏一听,心想:这是什么话?哪里听说过上司倒过来问下属的,这不是十足的糊涂官吗?再一想,又怕他这是故作姿态,所以一开始大家都闷声不响,唯恐一不小心就上了当。

后来,况钟总是一而再,再而三地老着脸皮向下属求教,甚至连芝麻绿豆般的一点点小事,他也拿不出个主见来,非要手下人出主意不可。手下人说东,他就朝东,手下人说西,他就朝西,每次都是言听计从,百依百顺。嘿,简直糊涂到了极点!这样一来,苏州府的大小官吏们才放下了心,只当这个新来的苏州知府是个木头人,全不把他放在心上,有时甚至当着他的面,在大堂上就做起贪赃枉法的事来。有一次,一个叫赵忱的通判,当面侮辱况钟,叫他撒一泡尿去照一照,自己究竟是个什么模样。况钟听了,却只是嘻嘻哈哈地拍了拍赵忱的肩膀,一点也不生气。

那么,况钟真的是个糊涂虫吗?当然不是。要不然,他在历史上哪会有那么大的名气?他就这样在公堂上装聋作哑,假装糊涂,前前后后足足花了一个多月的工夫,终于把苏州官场上的弊病摸了个一清二楚。

时机终于成熟了。这一天,况钟一大早起来,吩咐差役们先在苏州府大堂上摆起香烛,然后通知所有的僚属、官学子弟和父老乡亲们到大堂来集合。等人一到齐,况钟就一本正经地对大家说:"对不起,我有一张圣旨,来的时候忘记宣读了,今天就当众宣读吧。"

大家面面相觑,谁也不知道他葫芦里卖的究竟是什么药,还以为他真糊涂到了家,居然连圣旨也会忘记呢!罢罢罢,毕竟他是知府大人,所以大家不得不毕恭毕敬地跪下来,听他宣读圣旨。

听着听着,大家觉得味道有点不对了。再一细听,圣旨里还有这么一句话:"僚属不法,径自拿问。"这就是说,皇帝已经把生杀大权交给了这位苏州知府,凡是他发现手下的官员有不法行为的,他有权当场处置。这就好比况钟手里拿了把尚方宝剑,可以先斩后奏,这可不是闹着玩的。所以一听到这一句,大小官吏们顿时吓得胆战心惊,魂飞魄散。

读完圣旨,况钟正式升堂。只见他变了一副模样,有板有眼地对堂下的父老乡亲们说:"早就听说苏州府有些官吏无法无天,贪赃枉法,欺压百姓。我况钟初来乍到,情况不明,再说了,我也比不得包青天明察秋毫,把桩桩事情都查得明明白白!今天请大家来,就是要拜托父老乡亲帮我一把。我手下这么多大小官员,哪个好,哪个坏,请诸位父老替我一一分辨。好的,我要奖赏他,提拔他;坏的,我来为民请命,该杀的杀,该撤的撤,决不姑息!现在这里有两本簿子,请诸位把知道的情况写出来。"

话音未落,堂下的百姓已拍手称快,欢声雷动。几个胆子大一点的,当场就走上前来,卷起袖子,在簿子上写了起来。等到百姓写完散去,况钟把簿子收了上来,一页一页细细地翻看。然后,他把老百姓的揭发和自己这一个多月来掌握的材料进行对照,心里就更清楚了。第二天,他召集来大小官吏,对其中一个当堂宣布:"某月某日,对某件事,你是这样处置的。你之所以会这样错判,是因为你受了某某人的贿赂。对不对?好,索性再说一件,某月某日,你又收了某某人大量的银子。如今两案铁证如山,你还想抵赖吗?"

那个贪官一听,立刻吓得瑟瑟发抖,心里想:"这两件案子都是前些日子当着新知府的面处理的,真是作孽!那时候还以为新知府是个糊涂官呢。谁知道他一点也不糊涂，反倒是自己糊涂，将把柄落到了他的手里，这真是搬起石头砸自己的脚——自作自受。现在还有什么好说的？"所以这个贪官只好低着头发抖，不敢申辩半句。

况钟当场选出四个身强力壮的差役，吩咐他们把这个贪官摔死，不得手软。差役们不敢摔，第一次摔下去，那个贪官没被摔死。况钟火了，桌子一拍，大声说："我跟他无冤无仇，按说是可以放他一马的，可他实在是民愤极大，不杀不足以平民愤。今天我况钟就是要为苏州老百姓出这一口恶气，你们敢不出力吗？行刑不力，就杀你们！"

那四个差役一听，吓坏了，这才知道新知府是个雷厉风行的清官。他们再用力一摔，把那个恶贯满盈的贪官摔死了。

况钟趁热打铁，又一个一个地审判下去，当场严惩了六个民愤极大、证据确凿的贪官污吏，把他们的尸体全都抛到大街上示众。接下去，他又查出五个贪赃枉法的和十几个庸庸碌碌、吃粮不办事的官吏，并把他们都撤了职。

从此以后，苏州府所属的大大小小官员，再也不敢肆无忌惮地鱼肉百姓了。况钟又和巡抚周忱两人一起商量，想办法上奏朝廷，减免苏州百姓田赋七十余万石，鼓励百姓安居乐业、发展生产。苏州的百姓们为此欢欣鼓舞，赞不绝口，况钟的好名声也因此传遍四方。

【故事来源】

据明朝李乐《见闻杂记》译写。

# 成名捉蟋蟀

明朝宣德年间，皇帝喜欢斗蟋蟀，就下令各地的老百姓每年必须进贡蟋蟀。陕西原先是不产蟋蟀的，但华阴县的县官却是个马屁精，为了升官发财，想方设法弄了一只蟋蟀去进贡，结果竟被皇帝看中了。为此皇帝下了道圣旨，要华阴县年年进贡蟋蟀。县官把任务压给里正，经过层层摊派，最后可苦了老百姓。游手好闲的年轻人弄到几只好蟋蟀后，就用笼子养起来，抬高价格，牟取暴利，不事生产。差役们则拿了鸡毛当令箭，借着征集蟋蟀的名义，四处敲诈勒索，往往为了一只蟋蟀，闹得好几户人家倾家荡产，百姓为此怨声载道。

县里有个叫成名的穷书生，应试几次，次次名落孙山。他为人忠厚老实，少言寡语。差役欺他老实，故意让他充当里正，去操办进贡蟋蟀的事。成名推辞不掉，又不忍心坑害乡亲们，只好常常自己贴钱买蟋蟀来抵数。这样一来，不到一年工夫，一份薄薄的家产就被全贴了进去。

这年夏天，上头又要征收蟋蟀了，成名既不敢向乡亲们摊派，自己又没钱可以贴补，简直走投无路，忧愁苦闷得只想去死。妻子说："死也没用的，倒不如自己出去捉捉看，说不定运气来了，可以捉到一只，岂不更好！"

成名想想也只能这么办了，于是每天提着竹筒和铜丝笼子，起早摸黑地到野地里去捉蟋蟀。破墙脚、乱草窝，什么地方都去过，又是翻石头，又是挖地洞，什么法子都用过，可还是不管用。有时候捉到两三只，可又瘦又小，官府退回不收。由于有限期，过了期就得挨板子，成名因为交不出蟋蟀，在十几天里就挨了一百多下板子，被打得皮开肉绽，路也走不动了。成名没法去捉蟋蟀，躺在床上翻来覆去又睡不着觉，只想着死了拉倒。

这时候，村里来了个驼背巫婆，据说会卜卦算命。成名的妻子知道后也带了钱去求卜，想问问自己的丈夫能不能抓到蟋蟀。到那儿一看，门口挤满了人，门口挂着帘子，帘子外面放着香案，屋里还有个密室。成名的妻子挤进去后就把银钱放在香案上，也像别人一样，焚香礼拜。巫婆则在竹帘里代她祷告。不一会儿，竹帘掀动，里面抛出一张纸来。成名的妻子拾起来一看，纸上不是字，却是一幅画。画上有一幢殿阁，像是个寺庙，殿阁后的小山下面乱七八糟地躺着些怪石，一片荆棘丛中伏着一只"青麻头"蟋蟀，旁边还有一只癞蛤蟆，好像正要往上跳。她看来看去看不太懂，不过画里有一只蟋蟀，倒是暗合她的心意。于是她就把这张纸折了几折，藏在怀里，带回去给成名看。

成名打开画，一面看一面想：这是在指点捉蟋蟀的地点呢。瞧，画里的景物很像村东的大佛阁！想到这里，成名顿时来了精神，他挣扎着爬起来，拄着拐杖，带着画，就到大佛阁的后面去找了。

到了那里，成名看见一座古老的陵墓，沿着陵墓走过去，果然看见那里乱七八糟地躺着些怪石，跟画上的情景一模一样。因此，他立刻蹑手蹑脚地在草丛石缝中细细地寻找起来，找了好久，却不见蟋蟀的踪迹。正在他想放弃的当口，一只癞蛤蟆忽然跳了出来，成名心中咯噔一下：这情景也是画里暗示过的！他连忙追过去，可是癞蛤蟆已跳进了草丛里。他走过去扒开草丛一看，嘀哈！那里面果然躲着一只蟋蟀。他用手一扑，没扑住，蟋蟀钻进了石洞里。成名就用一根细细的草去捅它，它还是不出来。于是，成名就用竹筒里准备好的水来灌。这样，蟋蟀终于蹦了出来，被成名逮住了。

仔细一端详，果然是只好蟋蟀，身子很大，尾巴很长，青色的颈项，金色的翅膀，英俊无比。成名喜出望外，带回家后，就把它当命根子似的养在盆子里，用螃蟹肉、栗子粉来喂养，爱护备至，专等限期到了就去交差。

却说成名有个儿子，年纪尚小。有一天，趁大人不在，他偷偷地打开盆盖来看蟋蟀。这下可闯了祸：蟋蟀跳了出来，立刻朝外蹦去，儿子连忙扑过去捉，落手一重，蟋蟀被他捏死了。儿子吓坏了，哭着去告诉娘。娘听说蟋蟀死了，顿时吓得面如土色，大骂起来："作孽呀，你要死了！等你爹回来再跟你算账！"

不一会儿，成名回来听说蟋蟀死了，顿时气得手脚冰凉，怒吼着要去找儿子算账。可他东寻西寻也找不到儿子，最后才发现儿子已经跳井自尽了。夫妻俩哭得死去活来，把尸体打捞上来，放在了地上。

蟋蟀死了，儿子又死了，这真是雪上加霜啊！成名夫妻俩越想越伤心，只有脸对脸地落眼泪，谁也不想生火做饭。天黑了，成名想想还是先把儿子掩埋了吧，走过去一摸，觉得儿子还有微弱的气息！他连忙把儿子抱到床上，盖上了被子。半夜里，儿子终于苏醒过来，夫妻俩的心里稍稍有了些安慰，不过一见蟋蟀笼子空了，又懊恼起来。再看看儿子的模样，虽说没死，却迷迷糊糊的好像有些痴呆，也就不忍心在这时候再去责备他了。从夜里到天亮，夫妻俩折腾来折腾去，一直没合眼。到第二天太阳光照进东边窗户的时候，成名还躺在床上，长吁短叹，一筹莫展。

恍惚之间，却听得门外有蟋蟀的叫声。成名一惊，急忙出门去看，只见那头蟋蟀还活着。成名高兴极了，连忙去捉；那蟋蟀"噌"的一声，跳了开去，敏捷得不得了。成名追过去又一扑，好像扑住了；掰开指缝一瞧，还是扑了空。谁知道刚一松手，那蟋蟀又不知道从哪儿蹦出来，他连忙再去追，可蟋蟀却转过一个墙角，再也找不着了。

成名还是不甘心，仍然睁大了眼四处寻找。他东看看，西瞧瞧，忽然看见墙壁上趴着一只蟋蟀，不觉心头一阵狂喜，不过再一细看，实在让人大失所望。原来这只蟋蟀又短又小，黑里透红，和原先那只根本不一样。成名觉得这种小蟋蟀没用，不想去捉它，就继续寻找原先的那只大蟋蟀。

谁知道墙上那只蟋蟀却自己跳到成名的袖子上来了。成名再一细看，觉得它有点像蝼蛄，翅膀上有些梅花点，方头长腿，样子还不错，心想：实在没办法时，就拿它去充充数吧，或许还过得去。于是，他就把这只蟋蟀带回家，装进了盆子。成名又怕县官不满意，就想去跟别人的蟋蟀斗斗看，试试它到底有多大能耐。

再说他们村里有个喜欢出风头的年轻人，驯养着一只取名为"蟹壳青"的蟋蟀，天天找别人斗蟋蟀，没有不赢的。这个年轻人想靠这只蟋蟀发横财，价开得特别高，所以一直没人来买。这天，他听说成名的蟋蟀被儿子弄死了，觉得这正是兜售"蟹壳青"的好机会，于是就带着蟋蟀来找成名。那人到了成家，见他养了这么只小蟋蟀，忍不住发笑了。他得意扬扬地取出"蟹壳青"，放进笼子里让成名看。成名一看，这蟋蟀果然厉害，身子大，样子也很威武，跟自己的小蟋蟀一比，真是一个在天上，一个在地上，根本没法较量。年轻人为了兜售蟋蟀，就一再怂恿成名斗斗看。成名想自己这只蹩脚货放着也没用，斗就斗吧。于是他就拿出斗盆，把两只蟋蟀都放了进去。

到了斗盆里，那只小蟋蟀动也不动，蹲在一边，呆若木鸡。年轻人大笑起来，用一根猪鬃毛去撩拨它，它还是不动。年轻人越发得意起来，接二连三地去撩拨，小蟋蟀终于被激怒了。只见它张开翅膀，一声叫，直扑过去，和"蟹壳青"搏斗起来，不一会儿工夫，那小蟋蟀展开触须，一下子咬住了"蟹壳青"的脖子。年轻人吓坏了，连忙把它们分开，说是不斗了。却见小蟋蟀翘起尾巴，高声鸣叫，好像在向成名报喜似的。

成名好不高兴，想不到这只小蟋蟀居然这么厉害！正在这时，边上忽然蹿来一只大公鸡，对准盆里的小蟋蟀就是一啄，成名吓得大叫。还好，这一啄没啄中，却见小蟋蟀跳出斗盆，足足有一尺多远。大公鸡又追了过去，眼看小蟋蟀就要死在大公鸡的爪子下了，成名手足无措，只好瞪大了眼睛干着急。谁知道情况又起了变化，大公鸡忽然伸长了脖子直扑棱，成名过去一看，才发现小蟋蟀不知怎么地早已跳到了大公鸡的脖子上，咬住它的红冠死死不放，大公鸡却毫无办法。成名惊喜若狂，连忙把小蟋蟀捉下来，放回笼子里去。

第二天，成名把这只小蟋蟀送进县衙门。县官一看，这么小的蟋蟀，怎么可以滥竽充数，就板着脸训斥起成名来。成名连忙说："这只蟋蟀与众不同，厉害着呢！"县官不相信，就在公堂之上斗起蟋蟀来，果然接连几只，没有一只是它的对手；再让小蟋蟀跟大公鸡斗，大公鸡又被咬得嗷嗷直叫。县官高兴极了，当场奖赏了成名，放他回家去了。

县官乐颠颠地把这只小蟋蟀献给省里的抚军。抚军如获至宝，又把它装进金丝笼，进贡给皇帝，奏章上还详细说明了它的奇特本领。这样，小蟋蟀一进宫，立即引起了皇帝的兴致。皇帝又下令把全国各地进贡来的好蟋蟀，都拿来跟它斗，结果没有一只不败下阵来。这只小蟋蟀还有一种本领，它一听见琴瑟的声音，就会合着节拍跳起舞来。皇帝高兴极了，下令赏赐给抚军许多名马和绫罗绸缎。

抚军也没有忘记华阴县县官的功劳，几次嘉奖了他。这个马屁精也就以此"卓越的才能"而闻名全省了。县官高兴之余，倒也还记得成名，于是就免掉了他的徭役，又说通了省里主管学务的长官，让成名也成为一名秀才。后来过了一年多，成名的儿子也恢复如初了，说自己变成过一只轻捷善斗的蟋蟀。

从此以后，成名就以善养蟋蟀出了名，多次得到抚军的奖赏。不到几年工夫，成名家也有良田百顷，楼房成群，牛羊数以千计，也穿起了漂亮的衣服，骑上了高大的骏马，比那些世代官宦的人家还要神气哩。

【故事来源】

据清朝蒲松龄《聊斋志异》卷四译写。明宣德帝嗜好蟋蟀，民间有谚语"促织瞿瞿叫，宣德皇帝要"。明清笔记中关于此类传说多有记载，如吕毖(bì)《明朝小史》卷六、沈德符《万历野获编》卷二十四、谢肇淛(zhè)《五杂俎》卷九、陈元龙辑《格致镜原》卷九十八、褚人获《坚瓠余集》卷一等。蒲松龄综合了前人各种传说，加以发挥，创作出这样一个好故事来。

秦淮健儿

明朝嘉靖年间,在南京秦淮河边上,一个庄户人家生下了一个男孩。这男孩与众不同,只吃了几个月的奶水,就嫌奶水吃不饱,竟跟大人一样,吃起米饭来了。这孩子长得很快,一周岁的时候,父母亲不幸相继去世,从此他就由外祖父抚养。长大后,这孩子体格魁梧,力大无穷,一张脸黑黑的,看上去十分威武。村子里有一只大黄狗,十分凶猛,一天这只狗想咬他,结果他一拳打过去,就把狗头砸烂了。从此以后,谁都不敢小看他,都叫他"健儿",他的真名字倒被人们忘记了。

有一次,几个孩子欺侮一个外乡流落到秦淮河边的乞丐,健儿看见了,上去打抱不平。这几个孩子吃亏后,回去叫来了几十个孩子,个个都比健儿年纪大,想好好教训他一下,叫他别多管闲事。谁知道健儿根本不把这些人放在眼里,只见一阵拳打脚踢之后,这帮孩子哭的哭,叫的叫,一个个抱头鼠窜,奔回家里向大人哭诉去了。

其中有两家大人发火了,怒气冲冲地赶过来,捋起袖子就骂:"谁家的龟孙子,敢惹到老子头上来啦!"

健儿笑嘻嘻地说:"我怎么敢惹你们呢?你们年纪比我大,走不动了,我来帮你们吧。"说罢,也不管他们愿不愿意,他走到跟前，一手一个，把两个大人拎起来，拎到了二尺多高，并朝前走了起来。健儿想走就走，想停就停，想高就高，想低就低，就像手里拎的是两根木棒。那两个大人挣扎了一阵，可压根挣脱不了，到后来吓得脸煞白，动也不敢动了，健儿却还是嬉皮笑脸的，根本不当一回事。前来围观的村里人这才知道健儿是惹不得的。

健儿好动，不肯读书，外公为他请了个教书先生。他不听先生的话时，先生用板子打他手心，他却一把夺过板子，把板子折成了两段。先生摇摇头，索性不管他了。先生一走开，他就溜出去打架。有时候，他还偷外公的财物，拿出去换酒喝，喝醉了酒，更是到处闯祸，闹得左邻右舍鸡犬不宁，个个见了都摇头。外公见状伤心透顶，把他赶出了家门，叫他去替大户人家放羊。可他还是不老实，动不动就偷了羊去换酒，回来却说谎，说是羊在半路上逃掉了。主人不相信，到酒家一打听，才知道是健儿在捣鬼，就把他赶走了。

健儿二十岁那一年，听说倭寇在东南沿海一带骚扰，国家正在招兵买马，扩充军队，他一拍胸脯，兴冲冲地说："好哇！现在是我大显身手的时候了！"随后他就去报名当了兵。

到了军队后，他立了几次战功，从一个小军官一直被提升为副将。按说这一下总该好好做人了吧，他却还是旧习不改。一天，他和一帮军官在一起喝酒，喝得酩酊大醉后，他又不知道东南西北了，挥出拳头来打人，一下子打死了一个军官。酒醒之后一看，完了，杀人抵命，又闯大祸啦！怎么办？三十六计走为上计。于是他逃到洪泽湖边上，换名改姓，混在厨师里做起帮手来了。

这一次，他总算老实了几个月。可后来风声一过，他的老毛病又犯了。半夜三更，他潜到老百姓家里去偷牛，把牛从牛棚里牵出来之后，还大声喊叫："喂，主人听好了，你家的牛是我骑去的，有种的来追！"说罢，他倒骑在牛背上，用斧头去砍牛屁股，牛怎么受得了，只好拼命朝前奔，主人家哪里还追得上？第二天，主人家到市场上寻找，找到健儿时，他却堂而皇之地说："昨天我到你家，拿了你一头牛，我是先对你说了，然后才拿的，这就叫先君子后小人。整个事情规规矩矩，怎么算是偷呢？"主人要寻的那头牛，也早已被宰杀，做成肉干了，还到哪里去找凭证？主人只好摇摇头，哭丧着脸走了。

从此以后，健儿成了这一带地痞流氓的头儿，横行霸道，谁也惹不起。他白天赌博，晚上逛妓院，还常常大言不惭地说："如今这世上没人是我的对手。什么时候才会有一个大力士来跟我较量较量，也好让我过过瘾！"

却说当时政府禁止杀牛，所以牛皮、牛角的价格涨得很厉害。健儿以前偷过几头牛，还剩下些牛皮、牛角，他就拿到瓜州、扬州一带去卖，果然卖了个好价钱，足有三十两银子。

回来的路上，健儿进了一家旅店，想喝酒。一进门，他就大大咧咧地把装着银子的包袱从背上解下来，"啪"的一声往桌上一放。老板看见了，走过来悄悄地对他说："这一带是绿林好汉出没的地方，你这个包袱可要放好了。"

健儿一听，不开心了，把手中的酒杯"砰"的一声朝桌上一砸，大声说道："我纵横天下三十年，还从来没有遇到过对手。有谁能够从我这儿拿走这包袱，我朝他叩三个头。"

这时候，隔壁桌子上正好有几个年轻人在喝酒，一听健儿说出这种话来，不禁愣了一下，走过来跟他攀谈，问他尊姓大名，家住何方。

健儿见来的是几个年轻人，根本没把他们放在眼里，随口说道："姓名没啥好问的，叫我什么都行。当年老子在边关上也立过功，只是近来早已不干了，在洪泽湖边混混日子而已。"

"喔，失敬了。请问前辈，你一个人能对付多少人？"

"遇上一万人，就对付一万人；遇上一千人，就对付一千人。这种事是不必斤斤计较的，要计较有几个对手，那还称得上英雄吗？"

这么一说，几个年轻人越发对他敬佩不已，都来向他敬酒。健儿是来者不拒，索性喝了个痛快。喝完酒后，他整装上马，又上了大路。

走了二三里路，后面追上来一匹快马，马背上是一个年轻人。那人问道："前辈到哪里去？"

健儿说："回洪泽湖。"

"正好，我也是洪泽湖边上的人，出门多年，有些不认得路了，要请前辈指引。"

"好说好说，那就一块儿走吧。"

于是，两人并肩而行，说说笑笑，倒也蛮轻松。走了一阵了，健儿问那人："看你背着一张弓，你会射箭吗？"

那人笑了笑，说："学是学了几年，只是不大熟练，让你见笑了。"

健儿伸手取过那张弓，一拉，奇怪，这弓挺沉的，竟拉不开，就还给了那人，随口说道："这张弓一点儿也不好，还带着做啥？"

那人说："世上的东西样样都有用，就看你会不会用了。"说罢，他伸手一拉，就把弓拉了个满月状，搭上箭，朝天上一看，正好飞过来一只老鹰，他一箭射去，老鹰应声落地。健儿吓了一跳,不觉一阵脸红。

那人又说:"前辈腰间佩着短刀,一定善于击刺吧?"健儿说:"嗯,我的长处不在弓箭,而在刀上。"随手取下刀来,递给他。

那人接过刀一看,笑着说:"这种刀拿来杀鸡杀狗还马马虎虎,前辈带着它能派什么用场?"说完,他两手随手一拗,那刀竟弯曲得成了个钩子,再一放手,刀又恢复了原状。健儿一看,吓了一跳,心想:"可不得了,这个年轻人有多少能耐,这不全看出来了!看起来,我腰里的三十两银子已经不是我的了。"

两个人虽然还是并马走着,健儿的两条腿却早已瑟瑟发抖,无法控制了。那个年轻人倒反过来笑眯眯地劝他:"别紧张,别紧张。"又走了几里地,一看四周没人,那人忽然大喝一声,健儿吓得顿时从马上跌落下来。那人先把健儿的马杀死,接着说:"今天的事情,你敢不听我的话,就跟这马的下场一样!"

健儿吓得跪在地上连连叩头。那人说:"没用的家伙,快把腰里的包袱献上来!"健儿连忙解下包袱,恭恭敬敬地递上去,并叩头求饶。那人见状,哈哈大笑地说道:"有了这袋银子,我又可以去喝十天酒了。你好比是路边的一棵草,我杀你做啥?快走吧!"说罢,年轻人掉转马头,又沿原路回去了。

健儿垂头丧气,懊恼不已,一步也走不动了,心想:"三十两银子是身外之物,丢了也就丢了。只是我半世英雄,却栽在一个乳臭未干的年轻人手里,还有什么脸回去见老朋友呢?"他决定不回洪泽湖了,在附近找了个地方,搭了个草棚,从此卖酒为生。但每每想起这段经历,他都羞愧得想找个地洞钻下去。

又过了一年,几个年轻人到健儿的酒铺子里来喝酒,他们个个穿戴豪华,身材魁伟,气宇轩昂。酒过三巡后,年轻人拍打着桌子唱起歌来，真是意气风发，旁若无人。内中一个人说："那边洗酒杯的老头子挺不俗，请他也来喝几杯吧。"说罢，他们把健儿也硬拉了过去，坐下来一起喝酒。

健儿朝他们一看，一共十个人，都很年轻，其中年纪最小的一个，还是个少年，皮肤雪白，就像是个小姑娘，坐在那里一声不响。不过他一旦开口说话，别人全都静下来倾听。健儿还发现，这个少年坐在最尊贵的座位上，每次喝酒也总是他第一个举杯，不知道是什么缘故。

再一细看，坐在最末尾的那个人，他好像以前见过。一细想，不正是一年前杀他马、抢他银两的人吗？！那人朝他笑笑，说道："还认识我吧？我可不是拦路抢劫的强盗。那时候在路边旅店里喝酒，听前辈吹牛，有点不服气，这才赶来跟你比比高低的。不想你徒有虚名，输给了我。今天应该完璧归赵了。"说罢，这人从左边的袖子里取出三十两银子，放在桌上，说："这是本金。时隔一年，还应该添上利息。"说着，他又从右边袖子里取出三十两银子，放在一起，推到健儿面前。

健儿哪里敢拿，只是躲躲闪闪地推辞着。边上有个年轻人烦了，拔出剑来，瞪着眼说："自己的东西被别人拿去了，夺不回来，别人来还，又不敢收受，这种草包还留着干什么？"健儿一听，连忙收下了，然后又起身杀鸡宰鹅，为他们添置菜肴。

众人却不吃，要走。倒是当初抢他银子的人出来打圆场，说道："老人家也怪可怜的，我们一走，他就更难堪了，是不是？"这么一说，众人才又留了下来。

这时候，灶下的柴禾烧完了，健儿想到隔壁去借。年轻人指着屋旁一棵枯树说："这不是现成的柴禾？去拿把斧子来。"

健儿说:"正因为没斧子,才一直留着没动它。"

那人犹豫了一会儿,说道:"这事得求十弟,我们其余九个人都是没办法的。"说完,这人就去求那个少年。

只见那少年走过来,两手抱住枯树,连续扳动几次,就把碗口粗的一棵大树拔起来,扔在了地上。大伙儿过去用刀剑砍树枝,很快就有了烧不完的柴禾。然后他们又喝了很多酒,这才高高兴兴地走了。直到分手,健儿也不知道他们究竟是什么人。

从此以后,健儿的脾性彻底变了,再也不跟别人打架了。别人惹他,手指头都指到他脸上了,他也不还手。有人讥笑他:"窝囊废,你当年的英雄气概都到哪里去了?"他总是笑笑,轻轻地说一声:"老啦,不中用啦!"据说,他后来一直活到了八十多岁,最终寿终正寝。

【故事来源】

据清朝李渔《笠翁一家言·秦淮健儿传》译写。在此之前,明朝宋懋(mào)澄《九籥(yuè)别集》卷二的《刘东山》和凌濛初《初刻拍案惊奇》卷三的《刘东山夸技顺城门 十八兄奇踪村酒肆》也记述了与此类似的故事。

荆茅求雨

明朝嘉靖年间，湖北一带遭遇了大旱，一连半年不下雨，方圆几百里河滨朝天，田地龟裂，老百姓走投无路，地方官员也束手无策。后来官方贴出告示，广招天下能人，说是谁能为地方求到雨，就奖赏一百两银子。

这样的告示，过去可从来没贴过，所以一时间街头巷尾，茶余饭后，人人都在议论这件事。

却说当地有个读书人，名叫荆茅，在私塾里做教书先生。这天，他听人家说起官府求雨的悬赏告示，不觉心中一动，回到家中，就跟老婆说："我要是有求雨的本领，岂不是好！既出风头，又可以到手一百两银子，真是名利双收啊。"

他老婆笑嘻嘻地对他说："求雨又有什么难的？你去对当官的说，包管三天之内就能下雨。要他为你准备好一个干干净净的祭坛，香炉烛台等一样不可缺少。你穿得衣冠楚楚，一本正经到坛上去念经，不就万事大吉了。"

荆茅一听，把头摇得像拨浪鼓似的，一迭声地说："使不得，使不得。老天爷什么时候下雨，这可谁也说不准，怎么可以跟当官的开这种玩笑？"

老婆朝他眨眨眼，还是满不在乎地怂恿他去试一试，说道：

"你去试试看嘛。要是求到了雨,就可以捧回一百两银子;万一求不到雨,无非是让大伙儿笑话笑话罢了,谁还能把你怎么样?"

荆茅朝老婆看看,不觉犹豫起来,心想:"老婆十分聪明,远近闻名,平常说话也一说一个准,自己一向对她言听计从。她今天怂恿我去求雨,总有她的道理。好!去就去。"于是,他就冒冒失失地闯进官府,说是会求雨。果然,荆茅在祭坛上才念了两天经,老天爷就下起倾盆大雨来了。当地上上下下,一片欢腾,都说荆茅是个活神仙。当官的倒也说话算数,除了送一百两银子之外,又送了不少礼物,给他披红挂绿、吹吹打打地送回了家。

过了几天,消息传到了省城。省里的长官连忙下了一道公文,万分火急地调荆茅到省城去求雨。

荆茅吓坏了,哭丧着脸对老婆说:"我本来不会求雨,都是你说的,要我去骗人。上一次是瞎猫撞上了死老鼠,居然真的下了一场雨。如今省里要我去,你叫我怎么办?恐怕去了就回不来了。"

他老婆还是一点也不着急,笑嘻嘻地拍着他的肩膀说:"你自己没有本事,却埋怨起我来了。老实告诉你吧,我也没有什么法术,其实十分简单,咱家厨房里挂着一条咸鱼干,一直舍不得吃,一挂挂了三年,我已经摸着它的脾性了。如果天要下雨,提早二三天,这条咸鱼就会滴水,灵得很。上一次你跟我说起求雨的事,正好我看见咸鱼已经开始滴水,所以就胸有成竹地怂恿你去求雨。这一回怎么办?我看也不难,你就偷偷带着这条咸鱼到省城去吧。你把咸鱼挂在房间里,天天观察,看它滴不滴水。你见了长官,跟他敷衍,求他为你搭个祭坛,提出各式各样的规矩来,如果咸鱼不滴水,你就借口祭坛不合要求,这里改改,那里动动,跟他拖延日子。一旦咸鱼滴水,你就上祭坛去念经,还怕求不到雨吗？男子汉大丈夫，胆子这么小怎么行？"

荆茅搔搔头皮，觉得事到如今，也只能是死马当作活马医了。于是，他拎着这条咸鱼干，忐忑不安地上了省城。

到达省城的第二天，他就看见咸鱼干浑身滴水，心中大喜，一见长官就催着布置祭坛。他早晨登坛念经，傍晚就下起了滂沱大雨。省里的长官喜出望外，也赏赐他一大笔银钱。

省里的长官原来是当朝宰相严嵩的门生，知道嘉靖皇帝喜欢道士先生，一心想长生不老，就把荆茅求雨的事一五一十地向严嵩做了禀告。严嵩又向嘉靖皇帝添油加醋地这么一说，皇帝龙心大悦，当即下了一道圣旨，召荆茅进京。

荆茅生怕露出马脚，这次进京索性连老婆也一起带了去。到了京城，嘉靖皇帝在金銮殿召见荆茅，向他请教道术的根本。荆茅原本是个读书人，哪里懂得什么道术，如今一急，倒也急中生智，竟在皇帝面前大谈起"诚意正心"的一套大道理来，说什么做人的根本就是至诚，诚心诚意，老老实实，能够做到这一点，就可以成仙，否则就全是空话。嘉靖皇帝一听，咦？这个道士先生怎么跟别的道士不一样，说的一套全是儒家的大道理。这样一来，皇帝就越发器重他了，三天两头就跟他在一起说说话，越说越投机。

这时候，皇宫里出了件事。嘉靖皇帝的九颗玉玺，有一天突然丢失了一颗，找来找去也找不到。嘉靖皇帝大发脾气，有人给他出主意，说荆茅是个有本事的道士，求雨百发百中，难道还找不到一颗玉玺吗？让他来找，一定会找到的。

谁知道这消息一传开，那个偷玉玺的太监做贼心虚，担心起来了。他心想："荆茅是活神仙，求老天爷下雨的事都不在话下，何况小小的一颗玉玺？万一被他查出来了，自己的一条小命岂不就没了！怎么办？"他心里一急，连夜带着一大包金银财宝去敲荆茅的门，求他高抬贵手，救他一命。

荆茅一听，心中暗喜，却不动声色地对那个太监说："你要活命，就照我说的去做。回去之后，把那颗玉玺放在尚宝处的东北角落里，上面故意弄些灰尘。我会有办法救你的。"

第二天，嘉靖皇帝召见荆茅，要他推算一下是谁偷了玉玺。荆茅莞尔一笑，胸有成竹地说："谁也没有偷。某月某日，小太监用这颗玉玺的时候，一不小心跌落在了东北角落里。现在它还好好地躺在那儿呢，只是上面遮满了尘埃，谁也没有注意到罢了。"皇帝派人去找，果然在尚宝处的东北角落里找到了。这下可不得了，皇帝对他越发信任，大家也索性叫他"荆仙"了。

朝廷有个御史不相信这一套，上书弹劾，说荆茅不学无术，妖言惑众，皇上不能轻信这种人。嘉靖皇帝听不进去，总觉得荆茅确实是个有法术的人。于是，那个御史向皇帝提议："荆茅到底有没有本事，最好请皇上亲自试一试。皇上亲手在匣子里放一样东西，当着满朝文武百官的面，召见荆茅，要他当场猜出来。猜得出，那他确实有本事；猜不出，就治他的欺君之罪！"

嘉靖皇帝就照这个御史的说法去做，在金銮殿当着满朝文武百官的面，召见荆茅，要他猜一猜，匣子里藏的是什么？

荆茅哪里猜得出，当即汗流浃背，跪倒在地，长叹一声说："荆茅要死了。"

皇帝离荆茅远，听不清楚，就问边上的太监："他说什么？"

边上的太监正是当初偷玉玺的人，他有心要保荆茅，明明看见皇帝放到匣子里的是一只镇纸用的金猫，就灵机一动，来了个以讹传讹,对皇帝说:"他说,金猫要死了。看样子,匣子里放的是金猫吧?"

皇帝笑嘻嘻地打开匣子,果然是一只光彩夺目的金猫。金銮殿里顿时一片欢呼,文武百官都说荆茅真是个活神仙。那个御史也只好闷声不响地退了下去。

荆茅回到住处,把今天在金銮殿上发生的事跟老婆说了一遍。他老婆皱着眉头对他说:"你从一个穷教书匠一下子爬到了四品官,还不是全靠运气吗?运气难道会次次都帮你吗?还不快走!再不走可就没命啦!"

听老婆这么一说,荆茅恍然大悟。第二天他向朝廷推说自己有病,便和老婆一起回湖北老家去了。

【故事来源】

据清朝吴炽昌《客窗闲话》续集卷六译写。

杜十娘沉箱

明神宗万历年间，浙东有个姓李的读书人，他的父亲是地方上的最高长官，有权有势。李生在北京国子监读书时，跟那里一个名叫杜十娘的妓女好上了，来往一年多，把随身带去的银钱花了个精光。

鸨（bǎo）母是个势利眼，一看李生没钱了，就要赶他走。可是杜十娘却偏偏爱上了李生。说起杜十娘，可真是个绝代佳人，花容月貌，婀娜多姿，管弦歌舞，样样精通。鸨母越是要赶李生，杜十娘越是反感，最后索性跟鸨母挑明了——非李生不嫁！鸨母想："杜十娘脾气倔强，是出了名的，再说她又不是自己亲生女儿，这事弄僵了也不好。按照妓院规矩，妓女从良嫁人，非得拿出几百两银子来赎身。想李生已经身无分文，索性吓他一下，让他觉得惭愧，乖乖走开吧。"

于是，鸨母对杜十娘说："你也别跟我较劲，你能让那位郎君拿出三百两银子来，东南西北，任凭你们飞好了。"杜十娘说："倘若银子凑齐了，你要反悔，该怎么办？"鸨母心想，笑话！李生穷途末路，到哪里去弄钱？她就指着蜡烛说："李生前脚把银子送到，你后脚就可以从这儿出去。喏喏喏，蜡烛生花，这就是你们的好兆头！"

这天夜里，李生又在妓院过夜。睡到半夜，杜十娘哭着对李生说："郎君带出来的钱大概已经用得差不多了吧。今天鸨母说，只要你拿出三百两银子替我赎身，我就可以跳出这个火坑了。你在京城里总有几个亲戚的吧，能向他们借点银子来吗？"李生一听，大喜，连忙说："好哇！我其实早就有这个心思了，只是一直不敢说罢了。别急别急，明天我去想办法。"

第二天，他故意放出话来，说是要回南方探望父母，就到京城几家亲戚那里去借银子了。谁知道那几家亲戚朝他看看，都摇摇头不肯借。为什么？原来他们都知道这个年轻人到北京一年多，并没有好好读书，而是行为不端，寻花问柳，现在说是要回南方探亲，都有点不相信。再说了，李生的父亲也曾来过信，对儿子的品行不端很是恼怒，早就表示过不认这个不肖之子了。要是把银子借给他，将来向谁去要债呢？所以这些亲戚一个个都支支吾吾地推脱，不肯借钱给他。

李生走投无路，两手空空地来见杜十娘。杜十娘长叹一声，说："你也太没有用了，难道一分钱都借不到吗？喏，我倒还积攒了一百五十两碎银子，放在了这条被褥中，这是我当初一针一线缝在被絮中的。明天我找个借口，让仆人偷偷拿出去，你拿到自己房里拆出来，也就可以抵掉一半债了。"李生心中大喜，想不到杜十娘不但年轻漂亮，还这么有心计，对她越发敬重起来。第二天，他把被褥拿到自己房里，取出这一百五十两银子后，又去找自己的好朋友，把这事的前前后后说了一遍。他的好朋友都十分感动，说风尘之中有这样好的女子，真是难得啊！于是大伙儿纷纷解囊相助，这个二十两，那个三十两，终于又凑出一百两银子来。

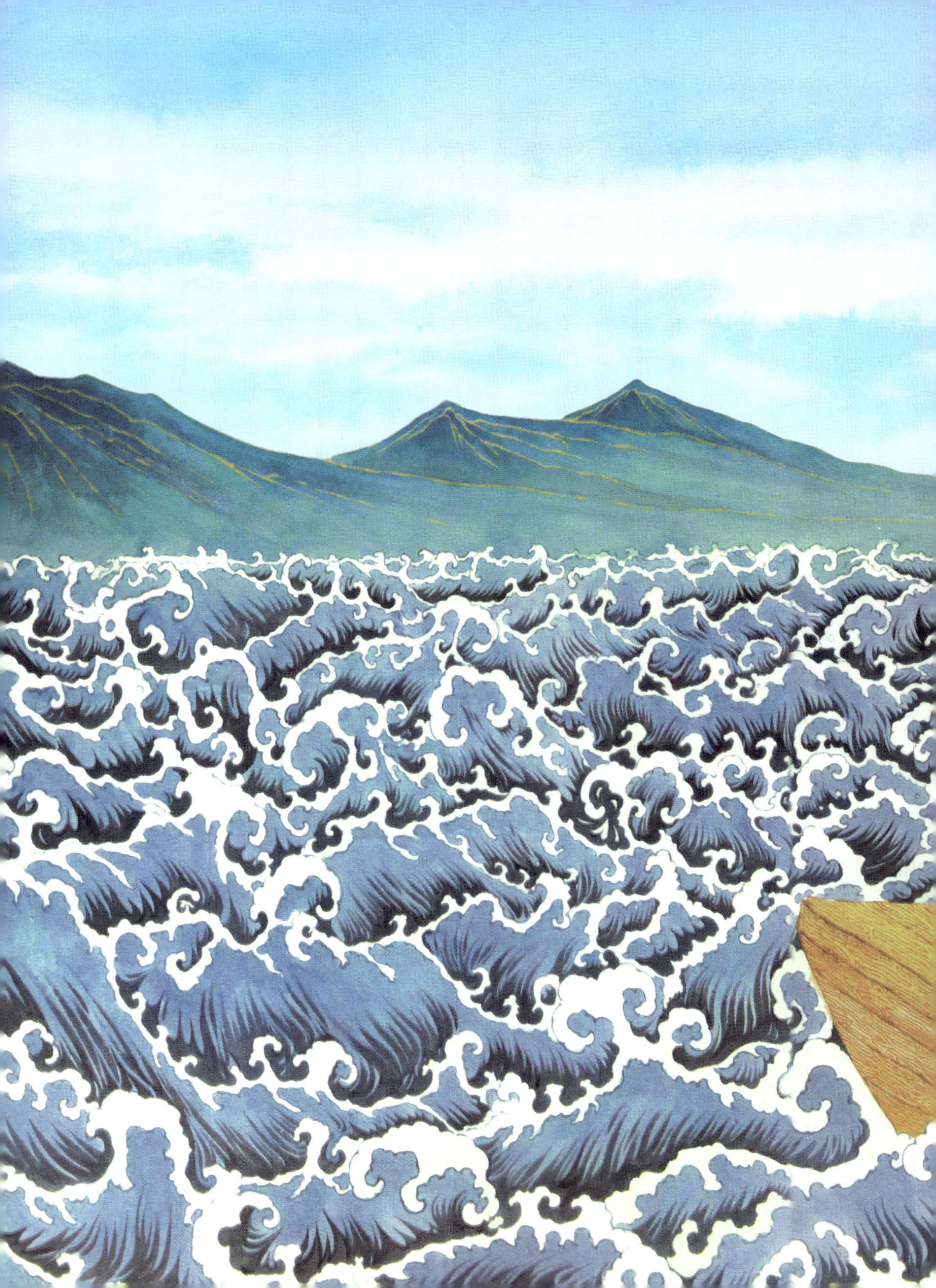

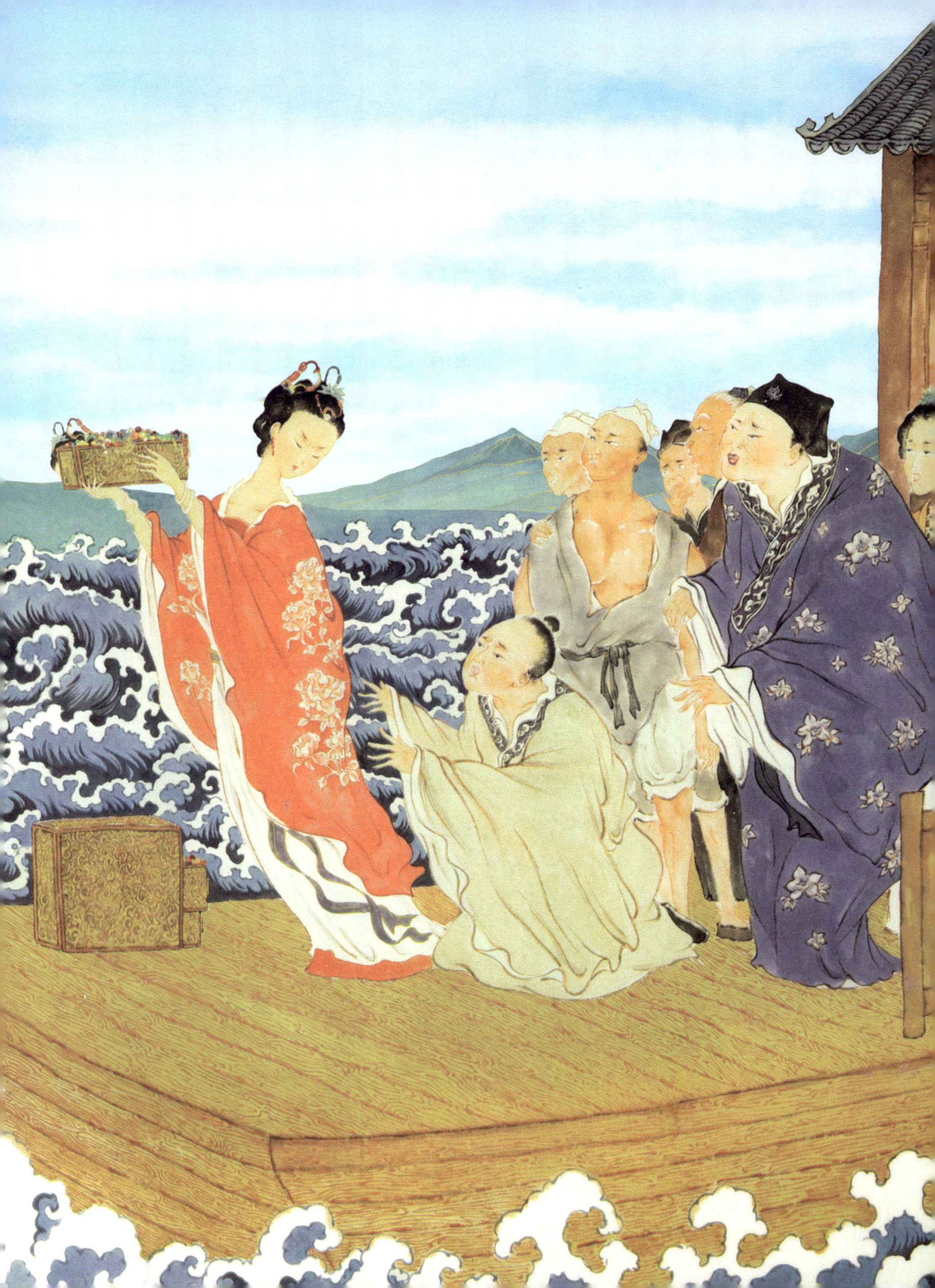

于是李生又去找杜十娘，红着脸说："我已经走投无路了。找遍了所有的好朋友，才借到一百两，可还缺五十两，叫我到哪里去借呢？"

杜十娘笑着说："别担心，还有五十两，我去向姊妹们借。"几天之后，杜十娘果然又借来了五十两。她把银子凑齐后，交给了鸨母。鸨母一见，银子真的凑齐了，不觉有些后悔，吞吞吐吐地想要赖账。杜十娘哭着说："妈妈怎么可以悔约呢？郎君前脚把银子拿回去，我后脚就死给你看！"

鸨母大惊失色，生怕人财两空，只好答应下来，但又咬牙切齿地说："你走吧！不过你身上穿的戴的，一样也不许带走！"

杜十娘有志气，果然只穿了件布衣，头上只扎着一个光秃秃的发髻，拉着李生的手就出了妓院门。

妓院的姊妹们出来送别，一见杜十娘这模样，都难过得流出了眼泪，异口同声地说："十娘今天这样走，连我们姊妹脸上也无光！"所以每人送她一件首饰、一件新衣，一下子又把杜十娘打扮得花枝招展，焕然一新了。姊妹们又说："十娘此去，路途遥远，不能没有行李。"于是她们又凑起来，送给她一只描金首饰箱，沉甸甸的，杜十娘也不打开，一声不响地接了过来。李生在边上看着，也没有多问，就陪同杜十娘离开了妓院。

两人来到李生的住处，一看，四壁空荡荡的，什么都没有，以后怎么过日子呢？李生不觉忧心忡忡，眉头紧锁，倒是杜十娘想得周到，胸有成竹地劝他："我们还是回南方去吧。到了那里，你先去见父母大人，再慢慢地托亲戚求情，把事情说明，等父母消了气，再接我回家，不就没事了吗？"李生想想，事到如今，也只能如此了。杜十娘从首饰箱里拿出二十两银子，让李生去雇船。第二天，两人出了崇文门，来到潞河边，上了船，这二十两银子已经用光了。杜十娘又从首饰箱里拿出三十两银子来交给李生，作为一路上的盘缠。李生又惊又喜，忍不住说："要不是遇见娘子，我李生流落他乡，真是死无葬身之地了。娘子的恩德，我一辈子也不敢忘记。"

他们的船沿大运河一路南下，到了瓜州，这里是大运河和长江的交汇处。离家越来越近了，他们换了一条小船，准备渡江。

这天夜里，月色格外皎洁，李生和杜十娘对坐在船头喝起酒来。李生说："自从出了京城，一直困在船舱之中，好不沉闷。难得今夜这样好景色，你就放开喉咙，好好唱几个曲子吧。"杜十娘也格外高兴，情不自禁地就在船头放声高唱起来。杜十娘的歌喉原本就婉转动听，如今面对着意中人，将要开始自由自在的新生活，此情此景，她唱得也更加动人。谁知道世事多变，这一唱却乐极生悲，引来一场灾难。

原来就在他们边上还停泊着一只小船，船里的乘客是个徽州客商，做盐生意的，年方二十，却家财万贯。江上夜静，杜十娘的歌声传到了他的耳朵里，格外动听。他正想听个痛快，谁知那歌声却戛然而止，害得他一夜没睡好觉。

第二天一早，也是老天帮忙，顷刻间大风骤起，狂雪飞舞，风雪阻渡，船都走不成了。那徽州客商心中大喜，派人暗中打听，对李生的来历稍稍有了点了解，而且知道他身边带着位绝代佳人，昨夜的歌就是佳人唱的。这样一来，徽州人就动起坏脑筋来了。

徽州人索性让船家把船靠到李生那条船边上，自己穿上狐裘，戴上貂帽，在船头吟起诗来。李生听见有人吟诗，就推篷出来看。徽州人正中下怀，就跟他搭讪上了。

几句话一过，徽州人邀请李生上岸，到附近一家酒店去喝酒谈心。酒过三巡，徽州人问："昨夜唱歌的是你什么人？"李生老实，就把杜十娘的身份照实说了出来。徽州人又问："这次南下，是回老家吧？"这一问不觉勾起了李生的心事，他叹一口气说："家里一时三刻是回不去了。只好陪着十娘先在这一带转转，再看机会吧。"俗话说，借酒浇愁愁更愁。李生原本就心事重重，担心这次回南方在老父亲跟前没法交代，过不了这一关。现在一喝酒就越发伤感，也不知深浅，就把心事都说给了徽州人听。

徽州人的心机毕竟要比他多，眼珠子骨碌一转，想好了一番话，假惺惺地帮他出起主意来。徽州人说："唉，要你父亲回心转意，承认你们的婚事，那是太阳从西边出来，根本不可能的事。你们两人手里有多少银子？一旦银子用光了，难道去喝西北风吗？再说了，人心隔肚皮，说不定十娘在南方早有相好，她是奔着别人去的，到时候你岂不是鸡飞蛋打一场空？就算十娘没有相好，你也要防一手，江南人好色的大有人在，妓女又都是水性杨花，万一弄出点风流韵事来，你也管不了。将来还不知道你死在哪里呢？"这一番话句句是利箭，刺得李生越发坐立不安起来。

看李生已经中了圈套，徽州人又抛出一条毒计来，说道："事到如今，我倒有个办法。你要是愿意割爱，把十娘让给我，我可以拿出一千两银子来给你。你有了这笔银子，回到家中也就好说话了，只说在京城读书，一向规矩，并无寻花问柳之事，银子也没乱花。这样一来，老父转怒为喜，一家和睦，从此平平安安过日子，也就不必担心了。"

李生原本就是个没有主见的人，怕父亲就像老鼠怕猫一样，这几天一直在担心。被徽州人这么一说，不觉动了心，但一时又不敢定夺，推说要回去和十娘商量，就出了酒店。

这天夜里，杜十娘陪李生喝酒，李生眼泪汪汪，却一句话也说不出来。睡到半夜，李生忍不住哭出了声。杜十娘大惊，连忙坐了起来，抱着李生说："我和郎君相处，快有三年了，这次南下几千里路，一路上都没这么悲伤过，现在眼看到家了，你怎么反倒悲伤起来？难道你要和我分手吗？"

李生知道这事无法隐瞒，就一边哭一边把刚才在酒店里跟徽州人商量的事说了一遍。

杜十娘一边听，一边心痛如绞，她怎么也想不到自己的心上人会做出这种事来。等到李生说完，她的心也彻底冷了，顿时放开双手，冷笑一声，对李生说："为你出这个主意的人，真是个大英雄！你得到一千两银子，可以回去见爹妈；而我又嫁了别人，免去了你的拖累。好哇！真是一举两得，两全其美。这一千两银子在哪里？"

李生不好意思地说："你还没答应，我不敢拿，银子还在他那里呢。"

杜十娘说："明天早上就去答复吧。不过一千两银子可不是件小事，要他把银子送到你手里，我才能过去，可千万别上了他的当。"

这时候已经过了四更，杜十娘毫无睡意，索性起床梳妆打扮起来。李生劝她再睡一会儿，她却说："今天这个妆是迎新送旧，非比寻常，当然要格外认真一些。"

不一会儿，天亮了。徽州人派人来打听消息，知道十娘已经答应了，高兴得不得了，又派人来传话，说要十娘的首饰箱做个凭据。杜十娘爽快地对李生说："给他吧！"

首饰箱拿过去了，不一会儿，徽州人那边也把一千两银子抬过来了，十娘亲自过目，一两也不少。然后，她把着船舷对徽州人说："刚才那只箱子里有李郎一张官府路引，要拿出来还给他。"徽州人想，生米快要煮成熟饭了，还怕什么？于是，他又把首饰箱拿出来，交给了杜十娘。

杜十娘接过首饰箱，放在船头，拿出钥匙打开，里面露出好多层小抽屉。十娘叫李生抽出第一层抽屉来，只见里面全是翠羽明珰、瑶簪宝珥，大约要值几百两银子。十娘看也不看，"扑通"一声就扔进了江水之中。李生和徽州人，还有两只船上的船夫，看得一清二楚，一时都惊呆了。

杜十娘叫李生再抽出一层抽屉，只见里面是玉箫和金管，少说也值几千两银子，杜十娘还是看也不看，就扔进了江中。

于是她再叫李生抽出一层抽屉，这次里面是古玉、紫金等玩器，全是稀世珍宝，价值连城，十娘还是看也不看，就扔进了江中。

最后抽出一层抽屉，里面竟是一大把夜明珠，值多少钱，谁也说不上。这时候，岸上闻声来看的人已经人山人海，人人都说："可惜，可惜！"十娘还要把它扔进江中。李生看到这里，终于后悔不迭，扑过去抱住十娘号啕大哭起来，求她千万别扔。徽州人也过来劝解。

杜十娘泪流满面，一把将李生推开，指着徽州人破口大骂："我和李郎两人历尽千辛万苦，好不容易来到这里，却被你从中挑拨离间，拆散了姻缘，难道我和你有不共戴天之仇？我死了之后，还要找你算账的，你等着吧！"她一面又转过身去对李生说："当初的山盟海誓，你怎么全都忘记了？为了一千两银子居然把心爱的人也出卖了,你还算是个人吗?当初离开京城时,我把这些年的积蓄都藏在这只首饰箱里,箱中百宝,价值岂止万两黄金!想不到你有眼无珠,居然背信弃义,成了个无耻小人。今天这大江之上,众目睽睽,大伙儿都可以作证,我没有辜负郎君,却是郎君辜负了我啊!"听到这里,围观的人个个流下了同情的泪水,异口同声地唾骂起这两个人来。李生又惭愧又悔恨,正要求十娘饶恕的时候,十娘却抱起这只价值连城的百宝箱,跳进了波涛汹涌的江水之中。

两岸的人群见了,一声怒吼,就要上船去殴打这两个负心人。李生和徽州人见了,手足无措,连忙喊船夫快开船,急匆匆地逃走了。半路上,李生越想越后悔,最后发了疯。那个徽州人也得了不治之症,一闭上眼睛就看见杜十娘咬牙切齿地向他索命。他终日受惊吓,不吃不喝,没过多久也一命呜呼了。

唯有那滔滔江水,仍在大声呜咽,向人们诉说着杜十娘的悲惨遭遇。

【故事来源】

据明朝宋懋澄《九龠别集·负情侬传》译写。后来冯梦龙将此改写成拟话本,题为《杜十娘怒沉百宝箱》,收入《警世通言》卷三十二。此后,这个故事又一直在戏曲曲艺里搬演,成为流传极广的经典作品。

铁伞毛生

这个故事发生在明朝熹宗年间。

江西豫章有几个读书人进京赶考,随身带了不少银两,却又怕一路上盗贼横行,遭遇不测,所以就几个人合伙雇了一条小船,悄悄地沿着运河北上。

这天,船来到淮北地面,岸上有个眉清目秀的少年招呼着请求搭船。靠岸一问,少年做自我介绍,说是蚌埠人,姓施,单身一人,要进京赶考,又怕路上遇到盗贼,有些害怕,所以想搭乘一程,人多势众,也好壮壮胆子。

众人朝他打量了一番,见他一副文质彬彬、弱不禁风的模样,怪可怜。再说,大家都是读书人,出门在外,应该互相帮衬才是,于是就一口答应,让他上了船。

施生上船之后,为了感激大家,特地从箱子里取出狮峰名茶,亲自烹煎,请大家品尝。众人看他的茶道,十分讲究,确实有些大家风度;品尝之后,也都觉得别具风味,回味无穷;跟他谈论文章,他又是满腹经纶,四书五经、诗词曲赋都能融会贯通,而且谈吐文雅,妙语连珠,令人起敬。一天下来,大家都跟他成了好朋友。

不一会儿,夕阳西下,江面上波光粼粼,流金溢彩,船儿停泊在芦苇丛中，准备过夜。施生从箱子里取出一支竹笛，对大家说："渔舟唱晚，风光旖旎，此情此景，不能没有牧童短笛。我愿意为诸位献丑，以助雅兴。"大家拍手叫好，施生就靠着船篷悠悠地吹将起来，一会儿似鱼翔浅水，一会儿似鸽群腾飞，笛声飘逸洒脱，缠绵不绝，直吹得这些读书人摇头晃脑，如痴如醉，一个个消融在这悠扬的短笛声中。

谁知道就在这时，突然有一个彪形大汉，挟着一股冷气，从岸上"咚"的一声跳到了船舱板上，脚尚未站定，就指着施生破口大骂："混账东西，不去村里乞讨，却跑到这里来捣什么鬼！"

施生一见，慌忙想逃，哪里还来得及！说时迟，那时快，只见那大汉手持一把铁柄雨伞，只轻轻一扫，就把施生打死，扫落河中。

众人惊魂未定，细看这个不速之客，只见他满脸络腮胡须又浓又密，豹眼圆睁，煞是怕人。他们一个个暗暗叫苦，知道遇上了拦路抢劫的强盗，一定是凶多吉少，两条腿都不由自主地发起抖来。

大汉朝舱里一看，开口就问："你们这些人都是去京城赶考的吧？"

"是，是……"

"你们都带了不少银两吧？"

"是，是……大王开恩，只要大王饶命，我们什么都愿意奉献出来。"

见这班读书人一副狼狈相，那大汉竟忍不住哈哈大笑起来，对他们说："这真是狗咬吕洞宾，不识好人心！原来你们是把我当作强盗啦。实话告诉你们吧，刚才被我打死的那个少年，才是强盗呢。你们可知道他刚才吹的那支曲子是什么意思吗？那是他在跟他的同伙打暗号，通风报信呀！你们全蒙在鼓里，还以为他的笛子吹得悠扬动听呢。你们倒说说看,这种人该不该杀?"

听了这番话,这伙读书人才如梦初醒,连忙跪下叩头,拜谢这位大汉的救命之恩。

大汉又说:"我的话,你们现在还不一定相信。好在今天这事,并没有到此结束,半夜三更,他的同伙来此,发觉有人被杀,自然不肯善罢甘休。到那时,定会有一场恶战。你们中间,胆小的可以到前面三里坡高家店客栈去避避风头,住上一宿,明天早晨再到这儿来上船。胆子大的,不妨留下一两个人,也好做个见证。"

于是五个人中间走掉了三个。大汉又对留下的两个人说:"现在时候还早,你们尽可以放心去睡觉。到时候听到喊声,只许躲在舱里窥看,可千万别出来。"那两个人自然言听计从,乖乖地去睡觉了。

大汉一个人留在中舱,见桌上还有酒菜,就老实不客气地喝起酒来,一杯接一杯,接连喝了十几杯。酒足饭饱之后,又在边上的床铺上躺了下来,把铁柄雨伞塞在头底下当枕头,不一会儿就鼾声如雷,进入了梦乡。

果然,到了三更半夜,岸上黑压压地扑过来一伙强盗。大汉听得响动,一骨碌爬起身,轻轻向留下的两个读书人打了个招呼,就飞身上了岸。

来人手持明晃晃的大刀,恶狠狠地对那个大汉说:"你敢杀我的兄弟,我今天就要你的脑袋。看你往哪儿跑!"

大汉冷笑一声,硬邦邦地说:"就算我答应了你们,我手里的这把铁伞恐怕也不会答应的。我早就告诫过你们,多行不义必自毙。你们偏偏执迷不悟,一条黑道走到底。既然如此,今天就别

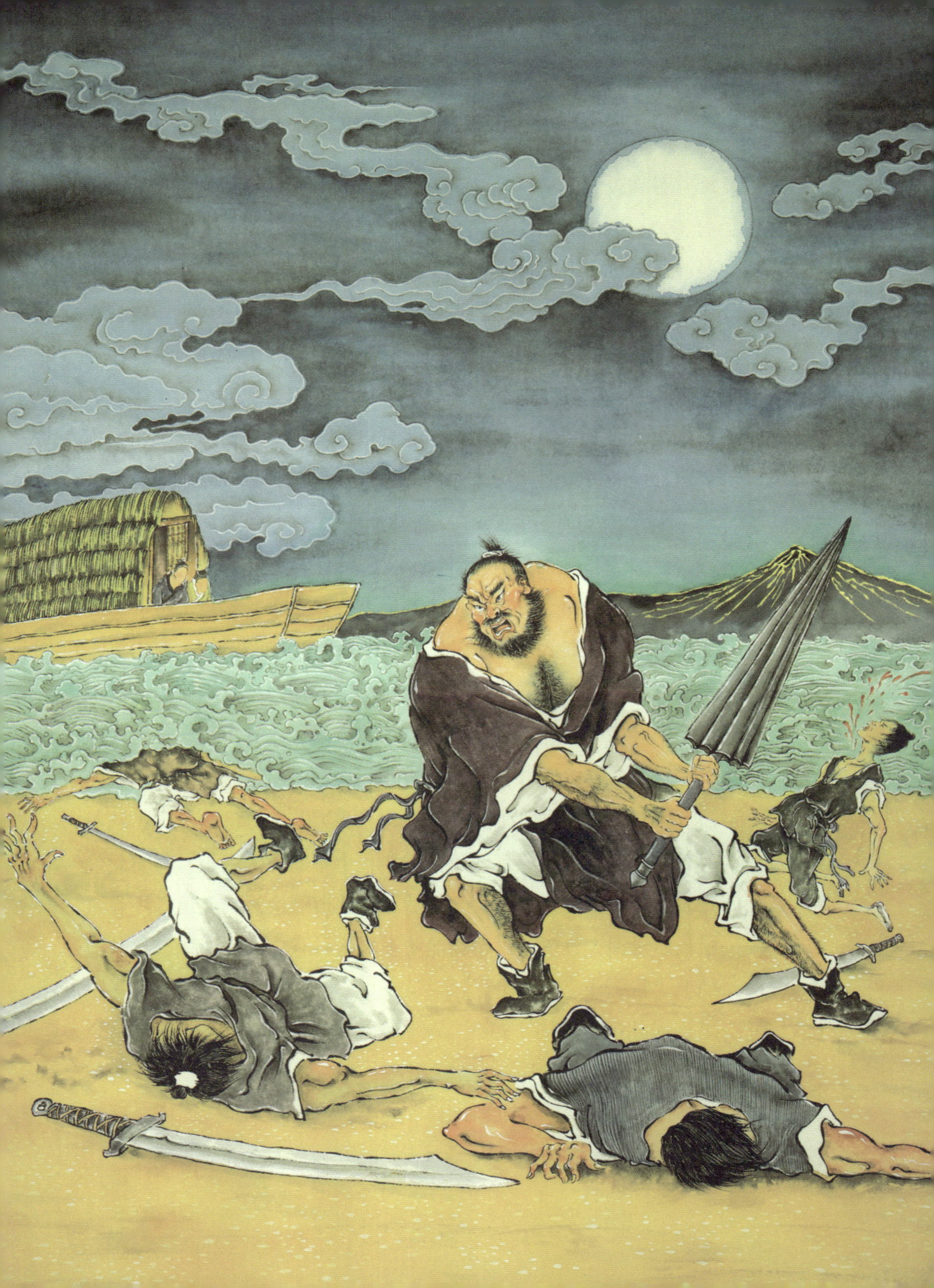

怪我不客气了！"

强盗仗着人多势众，一声呼哨，全都围了上来。只见大汉从容不迫，挥舞起手中的铁伞来，乒乒乓乓一阵格斗，有三个强盗被打落水中。其余的强盗一见势头不对，转身就逃。大汉也不追赶，从地上拾起强盗们丢下的弓箭，"嗖嗖嗖"连射十几支箭，那伙强盗竟没有一个漏网，全都被他射死了。

这时候，东方已经露出了鱼肚白。在前面客栈里避风头的三个读书人也忐忑不安地赶了回来，一上船，只见留下的两个读书人正在向大汉敬酒，这才松了一口气，连声道起谢来。

大汉确实海量，一口气竟又连喝了十几杯酒，这才捋捋胡须，感慨万千地对这几个读书人说："诸位相公两耳不闻窗外事，一心只读圣贤书，哪里知道人心叵测，世道艰险。你们以为，文质彬彬的都是好人，而面目丑陋的就是坏人吗？"

这些读书人连连点头，回想这一天的遭遇，更是觉得大汉的话字字千钧，耐人寻味。大家又围着大汉，一齐下拜，要大汉留下尊姓大名，以便日后报答。

大汉一个个把他们扶了起来，回答说："我姓毛，从小就没有名字，一直在这条运河里摇船。我也不图你们回报，只要你们记着今天这件事，以后待人接物，不要以貌取人，我就心满意足啦！"说罢，大汉将铁伞往船头上轻轻一点，纵身上岸，飞也似的上了路。

【故事来源】

据清朝乐钧《耳食录》卷三译写。

熊廷弼赠瓜

熊廷弼是明朝末年的一员大将,当年镇守辽东时,他立下了赫赫战功,威震四海。据说他的学识十分渊博,而且特别爱护读书人。

在江南担任督学时,凡是试卷,他都亲自批阅。阅卷的时候,总是把几张长桌拼接起来,放在中堂,然后把所有的试卷都放在桌上,一份份看过去。左手边放一坛酒,右手边放一把宝剑,每每读到好文章,就喝一大口酒表示庆贺,抒发心头的喜悦;而读到那些不堪入目的蹩脚文章,心中感到别扭时,就站起身来舞一回剑,以排解沉郁。年轻人只要是有真才实学,他都会尽量提拔,苏州冯梦龙就是他的得意门生之一。

冯梦龙风流倜傥,才华横溢,爱好也十分广泛,除了话本"三言"之外,还搜集了当时苏州民间的许多歌谣,编写成一本《挂枝儿》民歌集。他甚至还把打纸牌的技巧和曲词也搜集起来,编写完成《叶子新斗谱》(当时流传的一种纸牌游戏叫叶子戏)。这两本书一出,轰动了苏州一带,特别是《叶子新斗谱》,引得一些有钱人家的公子哥儿互相传抄,放着书本不读,却一头钻进纸牌堆里研究赌博,直赌得昏天黑地,有的甚至卖田卖地,成为了败家子。他们的父亲却认为,这些都是冯梦龙这个家伙造的孽,误人子弟,害人匪浅。大家就联名到衙门去告他,甚至上门问罪,弄得冯梦龙狼狈不堪，走投无路。

后来，冯梦龙想到了他的恩师熊廷弼。这时，熊廷弼已经调到广西去做官了，不过还是时常来信，鼓励冯梦龙著书立说，不断上进。冯梦龙在苏州立不住脚，只好连夜上路，赶往广西，想求熊廷弼帮他解脱困境。

到了广西，熊廷弼开口就问："海内盛传你的《挂枝儿》，别开生面，是不可多得的好诗歌。这次来，你可曾带几本送给我看看？"冯梦龙一听，越发局促不安，红着脸不敢回答，隔了好一阵子，才支支吾吾地把自己因为写《挂枝儿》和《叶子新斗谱》这两本书闯下的祸说了一遍，并且呈上这两本书，请老师批评。

熊廷弼听完冯梦龙的这番话，又翻看了这两本书，觉得这个问题确实很复杂：写书是一回事，别人看了书去做坏事又是另一回事，这两者之间既有一定的关联，又毕竟不是同一回事。现在把那些纨绔子弟的放荡行径都归罪于冯梦龙，也实在太不公平了。想了一会儿，熊廷弼也不多说别的，只对冯梦龙说："这件事不难解决，你不必放在心上。来来来，先吃饭吧。吃了饭，让我慢慢替你想办法。"

不一会儿，饭菜端上来了。冯梦龙一看，只有一碟清蒸咸鱼、一碟腐乳，再加上一碗硬邦邦的小米干饭，别的就什么也没有了。这样的饭菜怎么咽得下去呢？冯梦龙不敢开口，却又实在不愿动筷子。熊廷弼在一旁看得一清二楚，对他说："一早起来就动脑筋准备佳肴，到了晚上更得有山珍海味才动筷子，你们苏州读书人大都是这种派头。像今天这样的粗茶淡饭，确实有点不好意思拿出来待客。不过大丈夫在世，就应该有雄心壮志，总不能满脑子吃喝玩乐，你说是不是？能吃得下粗茶淡饭而又有远大抱负的人，才算是真正的英雄豪杰！"说罢，熊廷弼拿起饭碗，狼吞虎咽地大吃起来。冯梦龙心里明白，老师刚才的这番话正是对自己婉转的批评。他心中很是感激，可就是嘴巴不听话，大概只吃了一调羹饭，就放下筷子，再也不吃了。

吃过饭，熊廷弼让冯梦龙在客厅喝茶，自己就到书房去了。隔了好长时间，熊廷弼才出来，笑眯眯地对冯梦龙说："我这里有一封书信，你回去的时候可以顺路带给我的一位老朋友，千万别忘记了。"至于冯梦龙求他帮忙的事，他却只字不提。冯梦龙心中很不是滋味，又不敢多提，只好起身告辞。临走的时候，熊廷弼又捧出一只十几斤重的大冬瓜，郑重其事地交给冯梦龙，说道："我这儿没啥土特产，倒是这冬瓜长得不错，带一个回去，也算是老夫的一番心意吧。"冯梦龙是个文弱书生，哪里背得动这么沉的一个大冬瓜，可是又不敢不收，只好装出一副笑脸，收了下来，装进了行李袋。把行李往肩上一背，连腰都弯了下来！冯梦龙一边走，一边有说不出的懊恼，还没走到船埠头，就已经累得气喘吁吁，大汗淋漓了。一发狠，就把冬瓜扔在路边，满腹牢骚地回苏州去了。

船走了好几天，路过一个大镇，就是熊廷弼那个老朋友住的地方。冯梦龙上了岸，登门送上了熊廷弼的亲笔信。那人看过熊廷弼的信，什么都明白了，当即笑容可掬地留冯梦龙在他家中歇息，并准备了一桌丰盛的酒筵，招待冯梦龙。席间，主人诚恳地对他说："早就听说先生的文章霞焕，才辩珠流，是名扬四海的江南才子。今日相识，真是三生有幸。只是听说先生喜欢叶子戏到了入迷的地步，这就使我有些费解了。"冯梦龙在这一路上也在反思，他知道，虽然老师没有多说什么，但他的一番心意自己还是能领会的，叶子戏毕竟不是什么好东西，何必把心思都放在这上面呢？现在听主人这么一说，他不觉连连点头，惭愧地回答道："后生不知轻重，闯下了大祸，回去以后，一定闭门思过，从头做起。"主人高兴地说："这就对了，这就对了。喏喏喏，我这里准备下一份区区薄礼，不成敬意，还望先生笑纳。"冯梦龙一听，连忙摇摆双手表示推辞，心想：我与你萍水相逢，怎可收受你的礼物呢？主人却不置可否。

等到他回到船里，才知道那人早已把三百两银子送到他的船舱中了。冯梦龙这才恍然大悟，知道这一定是老师的安排。

冯梦龙回到苏州，早有朋友到冯家来报讯，说是前几天这里的官府收到熊廷弼从广西发来的急件，为冯梦龙说了许多好话，一场官司就这样烟消云散了。

这一切原来都是熊廷弼的安排。熊廷弼爱才心切，又觉得像冯梦龙这样的人，跟他多讲大道理是没用的。通过这些，希望他能明白，不能光凭自己的一股才气就锋芒毕露，目空一切，忘乎所以，否则迟早是要碰钉子、摔跟头的。冯梦龙对老师越发敬重起来。

从这以后，一直到老，冯梦龙还时常回想起这件事。对那个被丢在路边的大冬瓜，他也总觉得很是内疚，认为自己做了一件对不起恩师的事。他对自己的要求，从那时开始也更加严格起来。

【故事来源】

据清朝钮琇《觚(gū)剩续编》卷二译写。

麻风女情缘

淮南禹迹山历来是荒无人烟的荒凉世界，传说当年大禹治水时曾经路过这里。到了明朝末年，这里才渐渐住进些人家，成为一个村落。

山坡下有户人家姓陈，父亲陈懋，母亲黄氏，有个独养儿子陈绮。陈绮长得眉清目秀，唇红齿白，自幼读书，十分聪慧。可叹命运乖张，在陈绮十五岁那年，母亲生了重病，眼看快要不行了。这天，母亲拉着陈绮的手，哭着说："我活不长了，别的都放心得下，就是担心你要吃苦。我一死，你父亲难免要续弦的。后娘的拳头，六月里的日头，可不好受哇！你要是实在受不了，不如离家出走，到广西去找你的舅舅。你舅舅叫黄海客，南下经商多年，不久前还托人捎信来，说是做买卖赚了一笔钱，不想回家了。你去找他吧。"说罢，母亲又从枕头边取出几十两银子，哆哆嗦嗦地塞到陈绮手里，让他作为南下的盘缠。

果然，母亲一死，父亲就娶了个后妻乌氏。乌氏心地狭窄，把陈绮当成肉中钉、眼中刺，百般挑剔，千般刁难。陈绮越想越伤心，走到母亲坟头大哭一场，悄悄地写了封诀别信，放在了父亲床头，就毅然出走，到广西去找舅舅。

陈绮风餐露宿，跋山涉水，足足走了半年光景，才进入广西境内。他问来问去,问了好久,依然不知道黄海客在哪里,盘缠却已经用光了。他只好一边乞讨度日,一边走村串乡,寻访舅舅的踪迹。

这天,陈绮出东城门乞讨,到一家门口,见几棵槟榔树遮蔽着柴门,半开半闭,就唱起了"莲花落"。不一会儿,一个老人走出来,头发白花花,脸膛黑苍苍,颔下一绺短须,腰板倒也硬朗。他朝陈绮看了半晌,惊讶地问道:"小乞儿,看你文质彬彬的样子,怎么唱得这么悲伤?"

陈绮叹了口气,回答道:"我从小读书,自然文质彬彬,如今穷途落魄,怎么能不悲伤!"

老人越发惊讶,又问他为何流落到此?陈绮就把自己祖籍在淮南,此番到广西来找舅舅的事一五一十地说了一遍。老人朝陈绮看了一阵,又问:"有个淮南人叫黄海客,白白的脸上依稀有几颗麻子,是不是你的舅舅?"

陈绮一听,喜出望外,连忙说:"是的,是的。他现在在哪里?"

老人叹了口气,惋惜地说:"你来迟了。黄海客半年前就死了。他生前替一个大财主管账,善于经营,赚了些钱,可惜娶了个妓女做老婆,他一死,那妓女席卷了所有钱财逃走了。亏得老夫跟他有杯酒之交,才为他代办棺木,葬在东门外尼姑庵边上的大树下。你到那里去找,见到立着一截短碑的新坟,就是他的墓地了。"

陈绮谢过老人,跌跌撞撞寻到那里,看见了舅舅的坟墓,问了尼姑庵里的人,她们说的也一模一样。他眼前一黑,心痛如绞,跪倒在墓碑前放声大哭起来,哭了一阵,又祈祷道:"愿舅舅在天之灵,保佑我平安回家。小甥一定载着舅舅的尸骨返回祖籍。"

著名民俗学家顾希佳积多年心血,甄选、编撰优秀民间故事·青年书画家精心手绘插画

顾希佳 编写

顾爷爷讲 中国民间故事 ❺（明清）

北京联合出版公司
Beijing United Publishing Co.,Ltd.

庵里的尼姑可怜他，拿来一钵豆粥让他充饥，又说："你刚才遇见的老人姓司空，名浑，是你舅舅的朋友。你不妨去求他援助。不过，可千万不要说是我说的。"

第二天，陈绮见了老人，开口便说："司空伯，多谢你指点。"

老人好生奇怪，说："咦，你怎么知道我的姓？"

陈绮撒了个谎，说道："昨夜我睡在舅舅墓前，梦见舅舅显灵，要我来向你老人家求助。"老人为难起来："说起来我跟他也并非深交，不过我总不能袖手旁观。你先回去，我会尽力的，三天后，你来听回音。"

三天后，司空浑拿出一套粗布袍送给陈绮，高兴地说："有办法了。附近山里有个财主邱丈子，本是我的亲戚。老夫妻膝下有个如花似玉的千金，名元媚，字丽玉，年纪跟你相仿，俊俏无比。邱家要挑个进门女婿，高不攀，低不就，以至于蹉跎至今。你虽然一时落魄，毕竟才华出众，这一带谁能跟你相比？我为你写封信做媒，这件婚事一定成功。你做了邱家女婿，还愁没钱将你舅舅的灵柩护送回乡吗？"

陈绮却连忙摇摆双手，连声说："使不得，使不得。想我出身山村野地，粗茶淡饭惯了，邱家富室千金，岂肯俯就？就算我做了进门女婿，人家会轻易放我远行吗？"老人拊掌大笑："你怎么一点也不会转弯的？真是书呆子！你拿到了邱家的钱财，天涯海角都去得，到时候他到哪里去抓你这个逃婿？"陈绮听着不是滋味，不过自己穷途末路，也只好去试一试了。

到了邱家，那里果然十分气派，高宅深院，非比寻常，看门人收下司空老人的书信，进去通报，随即就有两个少年出门迎接。陈绮进门后，只见一个身材魁伟、长髯飘拂的中年男子早已在客厅门口笑脸相迎了。原来，他就是这里的主人邱员外。

进了客厅，宾主分别入座，仆人送上香茗，邱员外正在询问司空老人的近况，又有两个丫鬟扶着个四十多岁的中年妇女出来。邱员外向他介绍说："这是内人。"

夫人满脸堆笑，盯着陈绮看个不停，笑着对员外说："司空妹夫果然好眼力，就这么定了吧。"仆人出来，当即摆上一桌酒席，邱员外陪着陈绮喝起酒来。

几杯酒下肚，邱员外笑眯眯地开了口："想来司空先生都已经对你说了，小女丽玉，年已及笄(jī)*。如今有他红线牵引，把你这位文曲星下凡的才子送到这里，真是天赐良缘，三生有幸。这里一切都准备就绪，择日不如撞日，今晚就洞房花烛，成全你们吧。"

陈绮连忙离席，拜谢岳父母大人，一面又委婉地提出个要求："高攀龙凤，愧不敢当。只是小生原是为了寻找舅舅而来，而今舅舅亡故，抛尸他乡，于心不忍。待婚后三四天，小生即想告假暂离，护送舅舅灵柩返回故里，事情办完后，定当回来团聚，不知岳父能允诺吗？"夫人笑着说："新婚燕尔，何必如此匆忙？"员外却捋着长髯，满意地说："夫人说到哪里去了？难得公子一片孝心，可钦可佩，怎可阻拦。就这么定了，今夜成婚，三四日后动身，老夫略备白银五百两，聊做盘缠，以表心意。"陈绮好不欣喜，连连称是，单等办喜事了。

不一会儿，客厅里铺上了红地毯，灯烛辉煌。陈绮更换衣巾后，一身簇新，顿时精神焕发，光彩照人。这时，三四个小丫鬟簇拥着一个娉娉婷婷的年轻女子过来了。但见她满头珠翠，颤巍巍的钗簪犹如星辰灿烂，遍体幽香，娇滴滴的柔腰好似仙子临凡，头上罩着红盖头，却盖不住她的婀娜多姿。婚礼完毕，人们

及笄
亦作"既笄"，古代女子满15周岁结发，用笄贯之，因此称女子满15周岁为"及笄"。"年已及笄"也指已到了结婚的年龄。

吹吹打打，将一对新人送入了洞房。

陈绮掀开红盖头一看，眼前顿觉一亮，只见新娘及笄是十五，美若天仙，只是在娇美之中稍带几分忧虑和羞涩。陈绮看呆了，想起刚才说婚后三四天就要离开这里，后悔不已，这样标致妩媚的新娘子，自己怎么舍得离开呢？

时近三更，丫鬟们相继离去，陈绮倚在茶几上想心事，一时心乱如麻。不料新娘坐在床上也正牵着绣幕偷偷看他，不言不语之中，暗含千种愁思。陈绮不知底细，走过去要替她卸妆，谁知道新娘却不让他接近。陈绮要去扶她起身，她索性哭了起来，站起身，剪掉烛花，朝四周看了看，见四周无人，这才小心地关上房门，轻声说道："郎君可知道，你的死期就要到了！"

陈绮大吃一惊，连忙说："此话从何说起？小生委实不知道。"

"既然如此，郎君从何处来？又要到何处去？也应该说说清楚。"

陈绮把自己的身世遭遇说了一遍。新娘听得很仔细，沉默了好一阵，想说又不敢说，眼里早已落下两滴晶莹的泪珠来。陈绮思前想后，不觉害怕起来，连忙跪下求救。新娘长叹一声，这才说出了其中的缘故："我看郎君为人正直，对我也是一片真情，这才跟你吐露机密。你知道吗？我有病，我是个麻风女呀！这里地处广西边境，世代出美女，却大多有这种怪病。女子长到十五岁，有钱人家就不惜千金，诱骗远方来客跟她成亲，同居三四天，把身上的毒气全部传染给那个外地人。外地人必死无疑，而这个女子却不再发病，这才另找人家，正式婚配。如果错过了这个机会，这女子病根发作，皮肤干燥，毛发卷曲，再也嫁不出去了，而且还难逃一死。"

陈绮一听，恍然大悟，急得流下眼泪，求新娘子快快放他逃走。

新娘说:"不行。我们这儿找个男子不容易,郎君进门时,外面早已埋伏了好多强壮的男子,手持刀棍,防备你逃走。你怎么逃得掉?"

陈绮哭着说:"我死了也就算了,只是家中老父无人奉养,舅舅灵柩无人护送,怎能甘心!"

新娘说:"让我来救你吧。郎君暂且穿着衣服和我同床睡上三四天,瞒过我爹妈,你拿了银钱,赶快就走。郎君一走,我的病必定发作,也就活不成了。请郎君回家后做个神主牌位,写上'结发原配邱氏丽玉之位',供在房中。我在九泉之下,也可以瞑目了。"说罢,她抱着陈绮,失声痛哭起来。

陈绮十分感动,一时热血沸腾,抱着新娘说:"我要是活了,你就得死;你倘若能活,我就得死。这真是难死我了!倒不如我们两人喝了毒酒,死在一起吧!"

新娘连忙说:"不行不行,你一定要活下去。请把你的家乡地址写下来,缝在我的衣服夹层里,待我百日之后,我那孤苦伶仃的幽魂也好远渡关山,去探望公婆,陪伴郎君。"

陈绮含泪写下了淮南禹迹山的详细地址,哆哆嗦嗦地替新娘缝进衣服夹层,再也不敢抬头看她一眼了。

这一夜,他们穿着衣服睡在一起,陈绮好几次不能自已,都被新娘邱丽玉含着眼泪劝阻住了。

三天后,丽玉又用嘴巴在陈绮的脖子上反复吮吸,吮出三四处胭脂色的红斑,装成受到传染的模样,又拿出一对黄金手镯、一对白玉手镯,送给陈绮作为纪念。陈绮问她什么时候能够再见面?她说:"恐怕郎君再来时,我墓地上的树木都有合抱粗了。"说罢,两人又是抱头痛哭。

第二天，邱员外夫妇见陈绮脖子里红斑触目，态度顿时冷漠起来。陈绮说要扶柩北上，邱员外一口答应，取出银子，打发他上路。

陈绮租了一艘大船，启出舅舅灵柩，祭奠一番，载上大船，向家乡进发。一路上，陈绮因思念丽玉，夜夜哭泣，船夫还以为他在悼念舅舅呢。回到家里，见过父亲后，他才知道后娘乌氏已经死了，父亲又娶了个丫鬟为妾。父子团聚，分外高兴。陈绮拿出银两，不敢说明真相，父亲还以为是舅佬的遗产，也不深究。安葬了灵柩，置办山田、修缮住宅之后，银两还有多余，他们就开起酒店来，自家种高粱，自家酿酒，生意倒也不错。陈绮安下心来，闭门读书，只是夜深人静时，还是一直思念着邱丽玉。

再说邱员外，以为女儿的毒气已经排尽，正张罗着请媒人为她找个真正的女婿时，丽玉的老毛病却又发作了。员外拼命追问原因，丽玉哭着不肯说。夫人一检查，发觉女儿还是个处女，才知道上了当。老夫妻俩破口大骂："贱丫头太不争气了。你难道不想活了？"一个月之后，邱丽玉病情越发严重，浑身瘙痒，处处流脓，眼看没救了，邱员外一狠心，把她送进了麻风局。麻风局是专门收容麻风病人的地方，这种病很容易传染，留在家里，弄不好全家人都得遭殃，所以即便是掌上明珠，也顾不上骨肉之情，非送她进去不可了。

邱丽玉进了麻风局，几次想上吊自杀。谁知道她只要一往梁上套绳子，就会有个老人，白白的脸上依稀几颗麻子，操一口淮南口音，过来劝阻她。后来，邱丽玉想逃出去，那个老人说："老夫姓黄，淮南人。姑娘不是要到淮南去寻陈绮吗？我正好可以给你带路。"

丽玉觉得奇怪，想这老伯伯怎么会知道我的心事？再一想，反正自己恶病缠身，九死一生，看这个老伯伯又慈眉善目的，她就豁了出去，跟着老人上了路。

说来也怪，老人所到之处，一层层的门都会自动打开。到了野外，老人用唾沫涂在丽玉的鞋子上，念几句咒语，丽玉顿时行走如飞，一点也不觉得疲惫了。丽玉绝处逢生，高兴极了，一路上像孝敬父亲一样侍候老人，又把簪钗和手镯全都典当了，作为盘缠。到了湖北时，她身上一分钱也没有了，只好一路卖唱乞讨，继续朝淮南走去。

一路上，丽玉把自己的身世编成了一首悲怆动人的歌谣，名叫《女贞木曲》，到处吟唱。老人就在边上为她吹箫伴奏。丽玉的歌儿字字泪，声声血；老人的箫声动天地，泣鬼神。听到的人都流下了同情的眼泪，争着送饭食给他们吃。

这一老一少，相依为命，走了半年，才到达淮南。这天，他们到了禹迹山下，老人指着远处挑出的酒旗，对丽玉说："那边酒旗下黄石砌墙、大门朝南的，就是陈家了。我要走了，请你带个信给他们，就说海客很是感激。"说罢，老人倏忽之间就不见了。

丽玉惊魂稍定，走到了酒店门口，见一个老人长得很像陈绮，不禁激动得流出了热泪。她走上前去，把自己跟陈绮的事从头到尾说了一遍。老人一听，觉得很为难，就说："陈绮是我的儿子，他正在金陵秋试，快要回来了。他从广西回来，没跟我说起你的事，我一时也很难相信。你先在这儿等几天吧，如果真是这样，我们全家人都要感激你的。"说罢，老人将丽玉暂时送到附近的一个尼姑庵住下，托老尼姑照料她。

过了一个多月，陈绮回来了。父亲问起这事，陈绮知道无法隐瞒，就说出了真情。父亲点点头说："丽玉品德高尚，令人钦佩。我们陈家可千万不能亏待了她。即便你们不能做夫妻，你也该好生供养她，直到她死。"

陈绮悲喜交加，连忙冲出家门，直奔尼姑庵，去看望邱丽玉。丽玉哭着说："我的病发作了，怎能做你的妻子？只求我死后，你把我葬在陈家祖坟，我也就心满意足了。"陈绮流着泪安慰她，又问她一个人怎么能寻到这里，丽玉讲了一路的情景。陈绮惊讶地说："你遇到的就是我的舅舅呀，难道他已经成仙了吗？"于是他把丽玉带回家中。

丽玉不肯住在陈绮房里，说麻风病是会传染的。陈绮无奈，只好在后院安放酒瓮的仓库里替她腾出一块地方，支一张床铺，让她安身，又遍请名医，为她治疗。

从此以后，丽玉的饮食和药物全由陈绮亲手调理。家中的用人都不敢接近丽玉，生怕传染，可有个叫甘蕉的小丫头，心地良善，常来照料。后来，陈绮嫌进进出出麻烦，索性在仓库里又搭了张铺，睡了过来，这样侍候了一段时间，倒也不见传染。

金陵乡试发榜，陈绮中了举人，一时远近闻名，许多大户人家都来求婚，陈绮却一概谢绝。父亲劝他，他流着泪说："丽玉为我，吃了那么多苦，我发誓决不负她。她不死，我决不再娶。"陈绮又怕自己一走开，没人照料丽玉，于是决定放弃在京城举行的礼部考试。

丽玉知道了这事后，在仓库里号啕大哭，边哭边说："为了我这个病人，郎君不能娶妻生子，又不能求取功名，我死了之后还有什么脸去见陈家的列祖列宗？倒不如让我马上就死了吧！"边说，她用头去撞酒瓮。亏得甘蕉赶到，死命拉住她，才算没出事。

一天，陈绮到亲戚家喝酒，遇上大雨，一时回不来，甘蕉又生了病，仓库里只有丽玉一个人。窗外雨声沥沥，屋内闷热难熬，丽玉身上一阵奇痒，忍不住搔个不停。忽然梁上"飗飀（liú）"一声，一条大蛇从天窗口窜进来，蛇皮黝黑发亮，蛇身大约七八尺长，粗得和孩童的臂膀一般，尾巴绕在柱子上。它垂下头来，掀开一只酒瓮的木盖，探头下去"咕嘟咕嘟"地吸起酒来，吸了一阵，肚子胀得圆鼓鼓的。蛇一喝酒，增加了不少重量，正想重新缩回去时，谁知事有凑巧，房梁由于年代久远，有些枯朽，一时承受不了，便被压得断裂开来。"喀喇喇"一阵响，那蛇竟随着断梁掉进了酒瓮里。瓮里还有不少酒，又听得"噼里啪啦"一阵折腾，然后就没有了声响。

丽玉挣扎着起床，点灯去看，大黑蛇已经死了。她忽然想起，听说毒蛇泡过的酒就跟鸩（zhèn）酒一样毒，于是，她不管三七二十一，伸手到瓮里捧起一掬酒就喝了起来，一口气喝了将近一升，这才回到床上躺下等死。

到了后半夜，丽玉醒来，发觉自己非但没死，反而感到身体格外舒坦，往日的烦闷郁结也一扫而光。丽玉觉得这跟毒蛇酒有关，索性又用这种酒来冲洗自己的身体。谁知道这一洗，身上的奇痒也消失了。第二天，她又偷偷地去喝瓮里的酒，并且用它来冲洗身体。这样一来，奇迹果然出现了——她身上的麻风疮先是一个个结了疤，然后斑痕又消失了，皮肤重又变得鲜嫩润滑起来，头上也渐渐长出了乌黑油亮的青丝，脸上重又有了红晕，眼睛也放出了光彩。

甘蕉发觉后，连忙去告诉陈绮。陈绮一问，丽玉说是喝了毒蛇酒的缘故。大家便到酒瓮跟前一看，果然里面泡着一条大黑蛇。原来这就是禹迹山里的蛇王，名叫"乌风"。

陈绮高兴极了，当即拿出家中最好的衣裙和首饰，亲手替丽玉打扮起来，并领着丽玉到客厅拜见公公和家人。公公也高兴得不得了，说乌风在禹迹山已经有一千多年啦，早就听说乌风的鳞片可治癣疥，却谁也没有真正见到过，儿媳妇真是吉人自有天相啊。于是，第二天公公就给他们办起喜事来了。

又过了三年，丽玉生下一个男孩。陈绮到京城会试，果然高中，进了翰林院，又做了一任太守。他专门接济那些穷困潦倒、流离失所的老百姓，政绩颇佳。不久，他又被派往广西。

陈绮上任之后，专门派人去把邱员外叫来。邱员外一见，吓得瑟瑟发抖，连忙请求恕罪。陈绮并不在意，反而从后堂请出了夫人邱丽玉。父女重新见面，悲喜交加，这个故事才算有了个结局。

邱丽玉回到家乡看望双亲，还带去了这种乌风蛇浸泡过的药酒，给乡亲们治疗麻风病，果然又治愈了不少人。从此以后，麻风女的动人故事和乌风蛇药酒一起流传到了今天。

【故事来源】

据清朝宣鼎《夜雨秋灯录》卷三译写。

三义士

清朝顺治年间，清兵入关，一路南下，一直打到浙江金华一带。这期间，也不知道有多少人家破人亡，妻离子散。

那时候，金华有个人名叫宝婺(wù)生，夫妻俩一起逃难，却不幸失散了。宝婺生躺在死尸堆里，总算保住了一条命，妻子却不知下落，只听说可能被清兵抓去了。

为了寻找妻子，宝婺生到处打听，逢人便问，后来好不容易打听到当初抓他妻子的那支清兵队伍如今正驻扎在华亭（今上海南郊）一带。宝婺生就一路风尘仆仆，直追到华亭，可惜人没找到，自己却累得筋疲力尽，一连几天只是垂头丧气地坐在一家旅店门口叹气。

旅店老板看他眉清目秀，衣衫褴褛，满脸愁容，很是可怜，便和他攀谈起来。宝婺生把寻找妻子的经过一五一十地诉说了一遍。老板听完叹了口气，问他："你识字吗？"

"识的。"

"会算账吗？"

"也会的。"

"那就好，那就好。你先别着急，暂时留在我的店里，帮我做点事，也好换口饭吃。空余时间，再慢慢去寻访你的妻子吧。

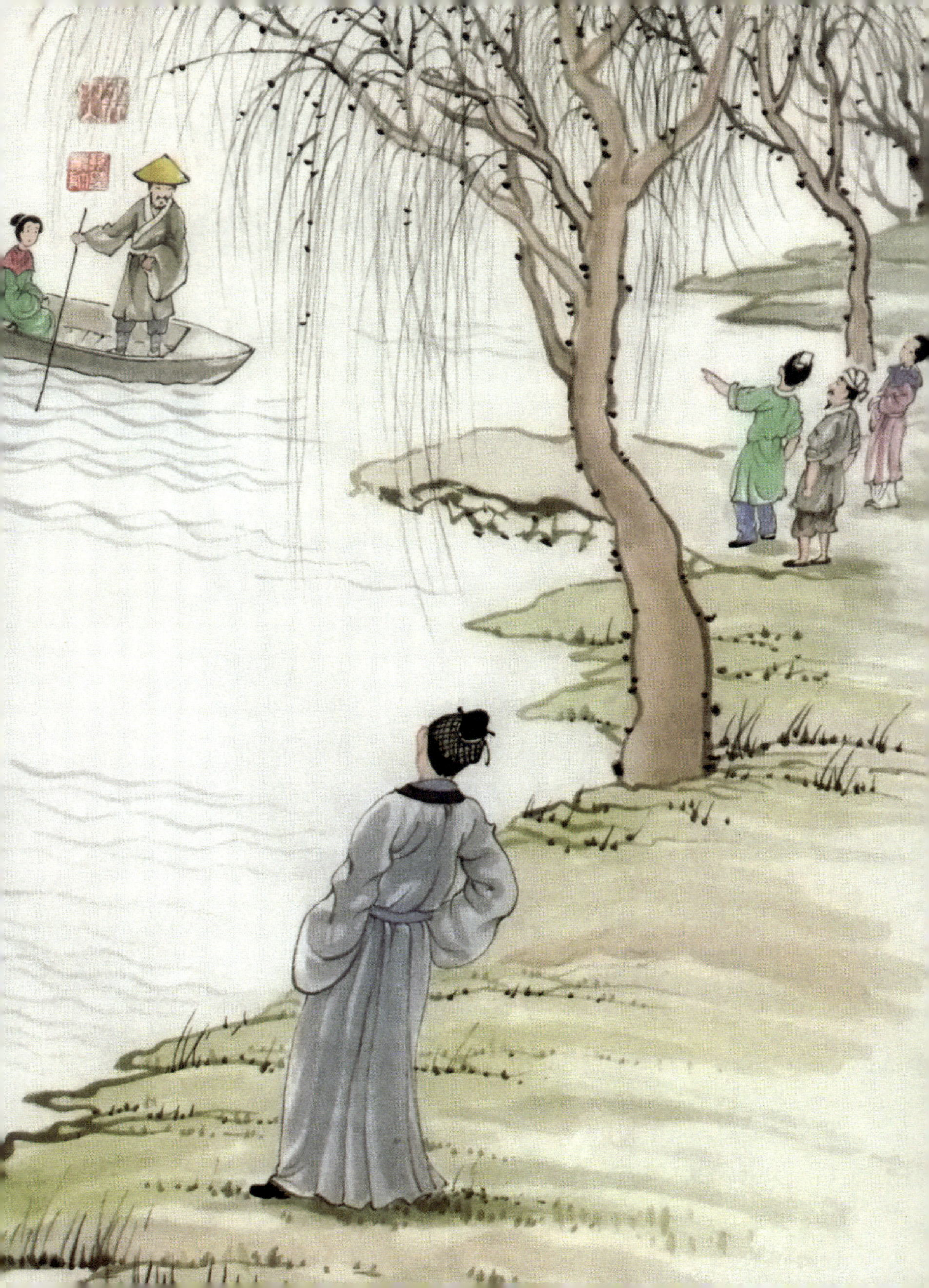

来日方长，一切还得从长计议才是。"

宝婺生听了，只觉心里一暖，连忙答应道："如果能这样，真是太谢谢老板了。"

宝婺生就此在旅店住了下来。他办事勤恳，老板对他很是满意。打这以后，这家旅店的生意越来越兴旺。老板很赏识宝婺生，觉得他是个当家理财的好手，人又忠诚老实，就打算把自己的女儿嫁给他，只差没有开口明说了。

有一天，天刚蒙蒙亮，有个人急匆匆地到旅店来吃饭，吃完饭，付了钱，就又心急火燎地走了。宝婺生过来收拾桌子，一看，那人竟把一个包裹遗忘在桌子上了。他连忙拿了包裹出门去追，追了一阵，却不见那人的踪影，只好又回到店中。他打开包裹一看，里面竟是光灿灿的五十两白银。宝婺生是个老实人，亲手又把包裹重新包好，拿去交给了老板，等失主来取。

到了中午时分，那人果然又急匆匆地赶了回来。只见他汗流浃背，气喘吁吁，一闯进旅店，就闷声不响地低头在地上四处寻找起来。

宝婺生心中有数，上前问他："客官，你在找什么东西？"

"找一包银子。"

"喔，找银子？你这个包是什么颜色的？"

"一个青布包。"

"有多少银子？"

"五十两。"

宝婺生又问："你这银子是派什么用场的？"

那人焦急地说："唉，不瞒你说，这些年我起早贪黑，省吃俭用，好不容易才积攒下这五十两银子，就是为了娶个老婆回来。

现在越忙越出乱子，偏偏把银子给弄丢了。这可怎么办呢？"

宝婺生这才对他说了实话："不要紧，不要紧，银子是我替你收起来了，一两不缺，都在。这就还给你吧。"说罢，他到里屋向老板说明情由，拿出包裹，当场点交给那人。五十两白银，一两也不缺！那人见了，千恩万谢，高兴得不得了，拿着包裹又急匆匆地走了。

几天以后，那个丢银子的人喜气洋洋地来到旅店，恭恭敬敬地送上两张请帖，对宝婺生说："全靠你做好事，拾金不昧，把银子还给了我。现在我的事情全办妥了，已定好结婚的日子了。说起来，这段姻缘还是你赐给我的呢。到时候，无论如何要请你家老板和你一起到我家来喝杯喜酒。"

宝婺生连连推辞，说是不敢当。旅店老板却在边上高兴地说："这杯喜酒，你倒是应该去喝的。只是近来我实在没有空，你就一个人去吧。"

于是，到了喝喜酒的日子，宝婺生就一个人去了。到那里一看，丢银子的那户人家倒是户殷实人家，一家人忙里忙外，一派喜气洋洋。

下午，宝婺生独自一人在河边散步，远远看见一条船正向这里驶来，船上坐着一个披红挂绿、穿戴一新的女人。岸上的人都说是新娘子来了，立时放起爆竹来，一时人声鼎沸，热闹非凡。

宝婺生闻声，不觉地朝新娘子看了一眼。这一看，他不禁打了一阵哆嗦，刹那间就愣住了。原来这新娘子正是他日夜思念、苦苦寻访了多年的妻子！

这时，船上的新娘子也正好朝岸上看了一眼，也认出岸上那人正是自己失散了多年的丈夫。两个人你看着我，我看着你，不约而同地痛哭起来。

不一会儿，船到了埠头，要迎新娘子上岸了，新娘子却哭得起不了身。

众人问她："你为什么哭得那么伤心？"

她说："刚才我看见一个人，好像是我当年的丈夫，所以引起了我的悲伤。"

众人又问她，那人是什么模样？新娘子就把宝婺生的打扮模样一五一十地讲了一遍。

新官人一听，这不就是那位拾到银子又还给了自己的大恩人吗？他连忙到岸边去寻，只见宝婺生正趴在岸边的草地上，哭得跟泪人儿似的，站也站不起来了。但再三问他为什么哭，他却不肯说。

后来实在被问急了，宝婺生才说："刚才，我看见一个人……"说到这里，他又哽咽着说不下去了。

新官人思前想后，终于什么都明白了，就推心置腹地对宝婺生说："我知道了，这个新娘子正是你要寻找的妻子。说起来，你当初既然拾到了娶亲的银子，这银子也就是你的了。你还给我银子，让我去寻你的妻子来还给你，这不是老天爷有眼，要我来替你做这件好事吗？你不要哭了，我感激你的大恩大德，一直在想该怎么报答你，现在就让我把这新娘子还给你，作为报答吧。"

宝婺生愣住了，怎么可以这样呢？但他实在是左右为难啊。一方面，自己寻找妻子，寻找了这么久，现在好不容易找到了，当然是希望能够破镜重圆的。另一方面，这人花了五十两银子娶新娘子，也是很不容易的，而今一家人又兴冲冲地备办喜事，左邻右舍、亲朋好友都等着喝喜酒呢，我要是把新娘子领走了，怎么对得起他呢？

怎么办？宝婺生实在决定不下来，只好回去请旅店老板来做主。

旅店老板听了，对他们两人的品行都很赞赏，对那个娶妻的人说："还银子的人，是义士。还妻子的人，你的义气也不在义士之下。现在你娶妻却丢妻，也确实讲不过去。这样吧，我来出个主意。我有个女儿，已到了出嫁的年纪，正可以嫁给你。那个新娘子呢，本来就是还银子的人的原配妻子，也就此让他们团聚吧。"

旁边的人听了，都说这是个两全其美的好办法，称赞旅店主人也是个义士，正可以和那两位义士并称为"三义士"。

【故事来源】

据清朝陆次云《湖壖(ruán)杂记》译写。

鹤秀塔

在浙江嘉兴城外,有条运河,河边有座宝塔,上下七层,高约十几丈,塔的当中刻着"鹤秀"两个大字,当地人都叫它"鹤秀塔"。鹤秀塔面临大河,背后都是田地,旁边也没有寺庙。为啥要在这里孤零零地造一座宝塔呢?原来这里面还有一段动人的故事。

清朝顺治年间,江南有个姓裴的读书人,家境贫寒,常常吃了早饭愁晚饭,过着揭不开锅的日子。别人劝他:"你真是枉为一个读书人啊,老是闷在家中发愁,能有什么前途,为什么不到外面去找点事来做做呢?"他想想也有道理,就回家跟老娘商量。老娘说:"听家中长辈说起,裴家有个远房亲戚在浙江金华府做通判,你去投奔他试试看,或许他能助你一臂之力,在金华帮你寻点事来做做。"裴生想想,事到如今,也只能去碰碰运气了,于是他打点行装,到金华寻这个亲戚去了。

谁知道等到裴生赶到金华,那个亲戚已经被撤职了。真是稻草人救火——自身难保,哪里还顾得上他?那个亲戚苦笑了一番,拿出十两银子,算是资助他的回乡旅费,劝他还是早早回家,用功读书,在考场上寻个出路吧。

裴生万般无奈,到码头上一打听,正好有个客商雇了只大船要北上,于是他就搭船一路同行。

船到嘉兴城外,夜里经过皂林,偏偏又遇上了强盗!那伙人明火执仗,跳上船来,把船上的货物和银钱洗劫一空。裴生的包裹行李自然也统统落到了强盗手里。

强盗一走,船老大陪着客商找当地里正报案去了。裴生一个人垂头丧气地在岸上走来走去,一打听,才知道这里离嘉兴城还有几十里路呢,可是自己已经整整一天没有吃东西了,肚子饿得咕咕叫。这可怎么办啊?他索性躺在路边,叹起气来。

却说就在这附近村庄里,有个姓章的财主,膝下有一个宝贝女儿,出嫁在隔壁村坊。章财主心疼女儿,时常派家中的丫鬟鹤秀送点东西去。这一天,家里做了些团子、方糕,财主又想到了女儿,就派鹤秀拎了一小篮送去。

鹤秀一路走去,正好看见裴生躺在路边长吁短叹,狼狈不堪。她一向心善,就过去问个究竟。裴生便把昨夜遭抢,自己整整一天没吃一点东西的经过,诉说了一遍,并且说道:"这里离我老家还有几百里路呢,如今我两手空空,身无分文,怎么走得到?看起来,只好死在这里了!"

鹤秀连忙说:"官人不要灰心,天无绝人之路,总会有办法的。"她一边说,一边从篮子里拿出团子、方糕让裴生吃。裴生狼吞虎咽,不一会儿工夫就把团子和方糕吃掉了一大半。鹤秀又从头上拔下簪钗,从手上褪下镯子,连同身上带着的一百多个铜钱,全都送给了裴生。

裴生感激不尽,问她叫啥名字?她说叫鹤秀,是前面村子里章家的丫鬟。裴生说:"姑娘的大恩大德,我永世不忘。有朝一日我时来运转,一定会好好报答你的。"说罢,裴生朝她深深作揖,上了路。

鹤秀离开裴生，来到小姐家中。小姐一看，怎么篮子里的团子、方糕才这么一点点？以往爹爹每次让她送东西，总是满满一篮，今天怎么这么少？再朝鹤秀仔细一端详，越看越奇怪，怎么头上光秃秃的，没戴一件首饰，连手上的镯子也没有了，这是怎么回事？正好她丈夫要去拜访丈人，她就让丈夫去问问自己的母亲。

小姐的母亲一听，竟有这种事情，便去问鹤秀。鹤秀也不隐瞒，就把半路上遇见的事都说了出来。问她书生叫什么名字，她却说不出。这样一来，老爷和太太都起了疑心，心想："鹤秀也已经十六七岁了，十有八九，在外面有了相好的，串通着想要私奔。这还了得！传开去，章家的面子也要丢光啦。"于是他们勃然大怒，把鹤秀绳捆索绑，毒打了一顿，然后又把她关进了柴草间。

鹤秀哪里受得了这般羞辱，再三申辩，却没人相信。她想想以后也没脸做人了，就半夜里找了根绳子，上吊了。

再说裴生，自从得到鹤秀姑娘的帮助，终于挣扎着回到了家里。从此，他发奋读书，在第二年乡试、会试中连连报捷，总算熬出了头。这年，朝廷任命他做浙江兰溪县令，上任时路过嘉兴，他就特地上了岸，要去寻访鹤秀姑娘。

却说裴生这次来寻鹤秀，离上次见面足足有三年了。这三年之中，裴生无时无刻不在记挂着这位大恩人。这期间，妻子生病死了，裴生却一直坚持不续弦。为啥？他早就有这么个心愿，倘若鹤秀还没有出嫁，就一定要把她娶过来。所以，船一到老地方，裴生就急匆匆地上岸，进村去寻访鹤秀。

寻到章家，一问，说鹤秀已经死了三年了。又问她是怎么死的，主人一五一十地说了一遍。裴生一听，那感受好比五雷轰顶，真是痛不欲生。他奔到鹤秀的坟前，跪倒在地，号啕大哭。全村的人都知道了怎么回事，也陪着哭了起来。

裴生又去找鹤秀的亲生父母，再三表示自己的感恩之情，又赠送给他们一大笔钱财。正好鹤秀有个妹妹，也到了出嫁的年龄，他们就把她嫁给了裴生。裴生到兰溪上任后，又特地派人带了一大笔钱，赶到嘉兴为鹤秀姑娘重修坟墓。坟墓造好的时候，裴生正好被调到嘉兴做县令，他赶到坟上，亲自为鹤秀姑娘祭奠了一番。

后来，裴生又捐资在当年鹤秀姑娘送给他首饰和食物的地方造了一座宝塔，在塔上刻了"鹤秀"两个大字，以表示对她的纪念。

【故事来源】

据清朝徐承烈《听雨轩笔记》卷四译写。

寻饷银

这个故事发生在清朝初年。那时候,湖南有个巡抚派他手下的一个州佐,押送六十万两饷(xiǎng)银进京。那州佐生怕半路上出事,一路上都处处小心,不敢有丝毫怠慢。不料走到半路上,偏偏天公不作美,下起倾盆大雨来了。车队走得慢,耽误了行程,眼看夜幕降临,身处之地却是前不接店、后不挨村的,这可如何是好?到哪里去过夜呢?正在着急时,却见不远处的树林里好像有座古庙,大伙儿就赶紧朝古庙走去。到庙里一看,没有一个和尚,众人也就不管三七二十一地卸下了车辆,关上了大门,胡乱在庙里宿了一夜。

谁知道第二天天一亮,州佐就发现大事不好:停在天井里的车子上全都空空荡荡的,六十万两饷银不翼而飞了!这可不得了,没法交代呀!大家连忙四处察看,却越看越惊讶,庙门关得好好的,四周围墙也没有发现一个洞,这六十万两饷银是怎么弄出去的?真是弄不懂。要说是抢,明明一夜无事,没听得半点声响;要说是偷,也不见一点蛛丝马迹。这事可太蹊跷了!州佐浑身冒汗,脸吓得煞白,却想不出一点办法来,只好带着手下十万火急地赶回去,向巡抚大人报告。

巡抚一听,火冒三丈,认定州佐在捣鬼,一声断喝,就将他用绳索捆绑起来，准备严加惩办。后来再查问一起去的差役和车夫，他们竟异口同声，说的跟州佐的一模一样。这样一来，巡抚倒难办了。不过他转念又一想，六十万两饷银可不是个小数目，哪能说丢就丢了呢？不行！他一拍桌子，命令原班人马再回到原来案发的地方，非得把饷银寻回来不可！寻不回饷银，提头来见！

州佐这班人灰溜溜地又回到了古庙跟前，抬头一看，满目荒凉，除了山，还是山，一片苍茫，无边无际，到哪里去寻饷银呢？

大伙儿正在长吁短叹，却听得远处有人在"梆梆梆"地敲着道情筒，声音越来越近，仔细一看，来的是个瞎子。他一只手拄着根竹竿，在前头点点触触探路，头颈里套着道情筒，另一只手在那里"梆梆梆"地敲个不停，身后还插了个短棒，挑着块布片，上面歪歪斜斜写着四个字——能知心事。

州佐也是病急乱投医，一把拉住瞎子，就要他给自己算一卦。

瞎子开口就说："喔，这位长官是来寻饷银的吧？"

州佐心中暗暗称奇：一个瞎子怎么会知道我的心事？难道他是活神仙？于是他连忙回答说："是的，是的，这就是我的心事。"当即把在古庙里丢失饷银的事一五一十地说了一遍。

瞎子说："你这事好办。卦也不用算了，长官只需弄顶轿子来抬我，照我说的路走，你们跟着，到时候也就真相大白了。"

这话说得不阴不阳，不明不白。州佐心想：死马权当活马医吧，如今是乌龟爬门槛——但看此一番了。于是他连忙找来一顶轿子，把瞎子抬上，和差役们一起一颠一颠地跟在轿子后头。

一路上，大家全听瞎子指挥。他说朝东，大家就朝东走，他说落北就落北，他说停就停，他说走，就又开始走，句句照办。一走走了五天，直走进了深山老林里。有道是"山重水复疑无路，柳暗花明又一村"，这天大家忽然看见前面有一座城，进城一看，只见房屋鳞次栉比，路上行人熙熙攘攘，十分热闹。他们继续按照瞎子的指点，穿街过巷，转弯抹角，兜了好一阵子，直到瞎子说"停下！"，大伙儿这才停住了脚步。

瞎子摸摸索索地走下轿子，伸出瘦骨嶙峋的手朝南一指，对他们说："那边有个大门朝西的大户人家，你们自己去敲门打听吧。我就不再奉陪了。"说罢，他一打拱，就又敲着道情筒走了。

他们不敢怠慢，一路朝南走去，果然看见有一座深宅大院。院外的白围墙又高又长，门楼朝西，门前蹲着两只威风凛凛的石狮子。州佐还没去敲门，大门就"呀"的一声开了，里面走出一个人来。奇怪的是，这人的衣帽打扮竟是汉朝式样。州佐说明来意，那人倒也蛮客气，笑眯眯地说："既然来了，就请进去先住下吧。我会想办法替你引见主人的。"说罢，就把他们全都带了进去。

里面的房屋很多，一间连一间。那人把大家都安顿好了，安排州佐单独一个人住，有用人专门送饭菜，招待得很是周到。

这天，州佐闲着无事，独自一人出来散步，绕到屋后头，发现有个花园。花园里苍松翠柏，绿草如茵，景色十分秀丽。走着走着，看见前面假山上有幢楼阁，州佐就信步走上石阶，进去一看，不禁大吃一惊——只见墙上挂着好几张人皮，眼睛、鼻子等一样也不缺，迎面还闻到一股血腥气！他吓得连退三步，一双腿瑟瑟发抖，连忙逃回自己的房间。进了房间后，一颗心还"怦怦怦"地跳个不停，心想：我的这张皮恐怕也要留在这里了。又过了一会儿，他才稍稍平静了些，安慰自己说："船到桥头自然直，急也没有用。伸头一刀,缩头也是一刀。且看他们怎么处置吧。"

第二天,穿汉朝衣帽的人来叫他了,州佐只好硬着头皮跟他去见主人。出了门,那人骑着一匹红鬃烈马在前面跑,却让州佐徒步跟在后头。走了好一阵,来到一个官府的辕门前。州佐抬头一看,这个官府很是气派,跟总督衙门差不多,大门口还整整齐齐地站着两排黑衣黑裤的衙役,一个个横眉竖眼,威武无比。

那人下马之后,领着州佐进了辕门,他们匆匆来到一个大厅里。州佐看见一个头戴平天冠、身穿五爪龙袍的人大模大样地朝南坐着,心里又是"怦"地一跳,觉得这人很面熟,像是在哪里见过似的,却又想不起来究竟是谁。州佐不敢怠慢,连忙恭恭敬敬地上前跪拜。

坐在上面的大王开口就问:"你就是湖南巡抚派去押送银子的人吗?"

"是的。"

"银子在我这儿,你不必大惊小怪。你们巡抚就算是送给我,也不算为过。"

州佐一听急了,哭丧着脸求告起来:"我是奉命行事,可做不了主。长官勒令我来寻饷银,限期早已到了,倘若空手回去,是要被杀头的。我要说是大王你留下了,长官能相信吗?无凭无据,小人可不好交代哇!"

大王说:"这事好办。"当即拿出一个又大又厚的信封,交给州佐,说道:"把这封信交给你们巡抚,包你无事。"说罢,就吩咐手下武士送客。

州佐哪里还敢啰唆,手捧信封,乖乖地出了辕门。手下那些差役已在门口等候了,他跟着武士上了路。

回去的路跟来的时候完全不一样，七转八弯，也不知绕了几个弯，他们才走出深山，上了大路。那个武士指明方向之后，就告辞回山去了。

州佐他们一伙人又赶了几天路程，才回到长沙，把事情经过原原本本地禀告了巡抚。巡抚哪里会信，一拍桌子，就吩咐左右衙役把州佐绑起来。州佐连忙掏出那个大信封，递了上去。巡抚拆开一看，当场就变了脸色，轻描淡写地说了句："银子毕竟是小事情，你先回去吧。"打发州佐出去后，巡抚又连忙给部下官员写信，让他们设法把饷银补齐，另外派人押送进京。这件事情也就这么不了了之了。

又过了几天，这个巡抚得急病死了。什么病？谁也不知道。后来才有知情人把底细透露了出来。原来在丢失饷银之前的一天夜里，巡抚和他的小老婆睡觉，醒来一看，小老婆的头发竟被人剃光了。当时这事也惊动了上上下下，乱了好一阵子，最后都没有破案。想不到州佐从山里带回来的信封里装的竟是巡抚小老婆的头发！另外，这个信封里还附有一封信，信的大意说的是："你从做县官起，一步步往上爬，贪赃枉法，中饱私囊，所得数目已经无法统计了。上次那六十万两，不过是毛毛雨，我们已经验收入库，你应当把自己贪污的钱拿出来补上这个漏洞才是。押送饷银的人是无罪的，你不得怪罪于他们。再说，那一次给你的小老婆剃头，原想是给你个警告，想不到你还是无动于衷。太过分了！你要是再执迷不悟，我们早晚会来取你的脑袋！现在把这束头发还给你，你仔细认一认，可别搞错了！"巡抚读完这封信，心里一急，不几天就一命呜呼了。

据说，后来官府又派了不少人去寻那个大王的老窝，在那一带兜了好几个月,却只看见崇山峻岭,古木参天,怎么也找不到进山的路了。

【故事来源】

据清朝蒲松龄《聊斋志异》卷十一译写。据学者考证,这个故事的历史背景可能是明末李自成农民起义,这是起义遗留队伍的一项义举。

王六郎

有个渔夫姓许,家住淄川(今山东淄博市)北乡,世代以打鱼为生。日子虽然过得清苦,但他生性乐观,每天夜里都带着酒,划着船,一边喝酒,一边打鱼,自得其乐。他喝酒之前,总是先把一些酒洒向河里,祝告说:"河里的溺死鬼,你们也太苦啦,快过来喝点酒吧。"祭罢了溺死鬼,然后才自己喝,天天如此。说来也怪,别人打鱼常常落空,老许打鱼却总是满网。什么缘故?他也不知道。

一天晚上,老许正在河边独自喝酒,一个陌生少年走了过来,在他边上转来转去。老许邀他上船喝酒,他老实不客气地上了船,坐下来便开怀畅饮。谁知道这一夜老许竟一条鱼也没抓到,很是扫兴。那少年一看喝得差不多了,站起身说:"别急,我到下游去给你赶点鱼来吧。"说罢,他飘然而去。

不一会儿,少年又回来了,对老许说:"有一大批鱼儿要来啦!"果然河里传来鱼儿"唧唧呷呷"的响声,老许一网下去,捞上来好几条,全是一尺来长的大鱼。他高兴极了,连连向少年致谢。

少年临走时,老许要送给他几条鱼,他不要,说道:"常常叨扰你的酒,这点小事不算什么报答。如果你不嫌弃我,我会常常到你这儿来的。"老许说:"这才第一次在一块儿喝酒,怎么说常常叨扰呢？你要是愿意来跟我做伴，那真是再好也没有了，只是我没啥好报答你的。"老许问他叫什么名字，少年说："我姓王，没有名字，就叫我王六郎吧。"

第二天，老许卖鱼赚了好多钱，一高兴，又去沽了不少酒，买了好些菜肴，想要款待王六郎。傍晚到河边一看，王六郎早已等候在那儿了。两个人面对面坐下，边喝酒边聊天，心情格外舒畅。喝了几杯酒之后，王六郎就去为老许赶鱼。

从此以后，天天如此。

一晃半年过去了。这天，王六郎眼泪汪汪地对老许说："和你结交这半年，就好比亲兄弟一般，可惜的是我马上就要跟你分手了。"老许很惊讶，问他为啥要走。王六郎犹豫了好久，才吞吞吐吐地说："我们是好朋友了，说出来你不会见怪的吧。我们就要分手了，再不说实话也有点对不起你。实话对你说吧，我不是人，是鬼。生前喜欢喝酒，有一次喝醉了酒，溺死在这条河里，这已经是好几年前的事了。你知道为什么你打的鱼总是比别人多吗？就是因为你每次喝酒前，总先祭奠溺死鬼，我很感激你，所以才在暗中帮你赶鱼。明天，我的罪孽到头了，将有个替死鬼到这儿来。他一来，我就可以去投生重新做人了。我们朋友一场，今夜是最后一次在一起喝酒，想起来怎么不令人伤感呢！"

一听说王六郎是鬼，老许不觉吓了一跳，再一细想，都已经相处半年了，天天在一起喝酒，也没有什么好怕的，但一想到就要分手，老许也感到几分伤感。他斟满了一杯酒，递到王六郎手里，说道："来来来，喝了这杯酒，别难过了。虽然我们不久就要分手，难免有些伤心，但是想到你就要重新做人，不也应该庆贺一番吗？"说罢，两个人又畅饮起来。

老许问："替死鬼是谁？"王六郎说："你第二天到河边看着，中午时分会有个渡河的女人，就是她。"说完，只听得村里鸡叫，两人就含着眼泪告别了。

第二天中午，老许守在河边想要看个明白，果然看见一个妇女抱着个小孩走了过来，她刚到河边就掉到河里去了。小孩被扔在岸边，哇哇地哭。那妇女在河里挣扎着，一会儿沉下去，一会儿又浮上来，折腾了好一阵子，才湿淋淋地爬上岸，又躺在地上喘息了一会儿，最后抱着小孩走了。

却说那妇女掉到河里去的时候，老许在一旁看着，心里很不是滋味，真想过去救她一把。可是再一想，她是六郎的替身，要是救了她，六郎就不能重新做人了，所以老许强忍着没去救。后来看见那个妇女自己爬上了岸，他又怀疑起六郎说的话来。

傍晚，老许还在老地方打鱼，王六郎又来了，笑吟吟地说："咱们又见面了。我决定不走啦。"老许问他为什么。他说："那妇女原本是应该做我的替身的，只是我可怜她怀中的小孩。为了替代我一个人，却要害死两条人命，想想不忍心，就放了她。不过这样一来，又不知道何年何月才能有人来替代我，或许是我们之间的缘分还没有了结吧。"言语之中，透露出淡淡的哀伤。老许听了，也是感慨万千，只好劝他说："你的心肠好，老天爷会知道的。"他们两人又像以前那样在一起喝酒谈心了。

几天之后，六郎又来告别，老许以为又有人要做替死鬼了。六郎却说："不是的。只因为上次我做了好事，被老天爷知道了。如今老天爷封我做招远县（今山东招远市）邬镇的土地菩萨，明天就得去上任了。往后，你要是还记得我这个老朋友，就来看看我，可别怕路远啊！"

老许一听，高兴极了，当即向他祝贺："像你这样善良的人做了神，真使人觉得欣慰。但是我和你阴阳相隔，倒不怕路远，只是恐怕以后也难以再见了。"王六郎笑了笑，拍着胸脯说："你尽管来，不必担心。"叮嘱过后，他才依依不舍告别而去。

老许回到家，当即收拾行李，要去拜访王六郎。他老婆在一旁笑他："从这里到招远，要走好几百里路呢！再说，你也不想想，就算真有此事，你跟一个泥塑木雕的菩萨怎么说话？"老许不听她唠叨，还是一个人上了路。

到招远一打听，果然有个小地方叫邬镇。老许一路寻去，在一家客栈先住了下来，然后向客栈老板打听土地庙在哪里。老板忽然问道："客人是姓许吧？"老许惊奇地说："是呀，你怎么知道我姓许？"老板又问："你是住在淄川吧？"老许越发惊奇了，睁大了眼睛问："你是怎么全知道的呢？"

老板不肯回答，匆忙走了出去。不一会儿，呼啦啦来了一大帮人，男男女女，老老少少，都要来见一见老许，里三层外三层地把老许住的客房围了个水泄不通。老许朝他们看看，也不知道到底出了什么事。这时，有人对他说了实话："几天前，土地菩萨托梦，再三交代，淄川有个姓许的好朋友要来看望他，希望我们送些盘缠给这位朋友。所以我们在这儿已经等候好几天了。"

这一说，老许越发惊奇不已，就备了香烛和纸钱，到土地庙去祭奠，祝告道："自从你走了之后，我做梦都在想着你。如今我来看你，你又给百姓托梦，真叫我有些担当不起。我也没带啥礼物，只有这一杯薄酒，你如果不嫌弃，就像当年我们在河上对饮那样，把它喝下去吧。"祝告完毕，他又烧了些纸钱。只见一股旋风从神台后面卷起，盘旋了好一阵子才消失。

夜里，老许做了个梦，梦见王六郎穿得整整齐齐，意气风发地走来，向他表示感谢，说道："老朋友千里迢迢来看我，我实在太高兴了。只是我现在有了神职，不便和你见面，觉得很是难过。不过当地百姓会送给你一些礼物，就算是我的心意吧。你走的时候，我还会来送你的。"

老许在邬镇住了好几天，想要回家了。当地的老百姓却不让他走，大伙儿争着请他去吃饭，有时一天往往要走好几家。后来看看实在留不住了，大伙儿又送来好多礼物，大包小包的，装了满满一担。临行前，全镇人扶老携幼地都来送行。到了村口，路边忽然卷起一股旋风，旋风跟在老许脚边，仿佛也在送行，一跟跟了十多里。老许心中有数，知道这就是王六郎在送他，就转过身去，向旋风拱了拱手，诚恳地说："别再送啦，六郎多保重。你有一片爱心，一定能够造福一方，为老百姓做好事的。有你这么个朋友，我脸上也添了不少光彩。请你务必留步，回去吧。"这旋风又在他脚边盘旋了好一阵子，才依依不舍地离去了。

老许带了这么多礼物回来，家境大大好转，后来他也不再打鱼了。每次遇到从招远来的人，他总是要向他们打听邬镇土地庙的情况。来的人都说："这个土地庙的菩萨的确不错，人们都很相信他。"

【故事来源】

据清朝蒲松龄《聊斋志异》卷一译写，这是著名的"水鬼与渔夫"型故事。在清代的笔记小说，如张泓《滇南忆旧录》、曾衍东《小豆棚》、乐钧《耳食录》、梁恭辰《北东园笔录》和许秋垞(chá)《闻见异辞》等书中，也都有类似记载。

崂山道士

有个读书人姓王,住在山东淄川县,在家中排行第七。他出身大户人家,从小养尊处优,日子过得很舒心。一天,他听人家说,崂山上住着很多道士,都是很有本事的,有的道士法术高超,后来还成了仙,从此长生不老,随心所欲,逍遥自在,好不快活!他也想学道成仙,就背了个包袱,到崂山去寻访仙人。

到了崂山,他登上一座山的山顶,看见那里有一座道观,虽然不怎么大,却很是幽静。推门进去,看见一个道士正坐在蒲团上练功,虽然他的满头白发已经飘飘洒洒地垂到脖子边上了,却是精神抖擞,容光焕发。王生想,这个人一定有本事,就恭恭敬敬地向他请教道术。那道士说了一大套很玄乎的道理,王生听不大懂,还是要求拜他为师。道士朝他看看,说道:"你这人细皮嫩肉的,怕是从来没吃过苦,在这儿能住得惯吗?"王生连忙说:"能,能。师父尽管放心,我一定能吃苦。"道士就答应把他留下了。

道士还有好多别的徒弟,傍晚时都回来了,王生一一向他们行礼,很是规矩。从此,他就在道观中住了下来。

一天清早,道士把王生叫了去,交给他一把斧头,让他跟着师兄们一起去砍柴。王生恭恭敬敬地接过斧头就去了。

第二天，还是这样，道士只字不提学道的事。就这样一连过了一个多月，天天如此。王生的手上和脚上都起了茧，稍微一碰就钻心地痛。他实在受不了啦，嘴上虽然没说什么，心里却只想着赶快回家。

一天晚上，王生砍柴回来，看见师父和两个陌生人正在一起喝酒，天色越来越暗了，也没点灯烛。师父说："我有办法。"说着，他拿出一张纸来，剪成一个圆形，粘在了墙壁上，顷刻之间，这张圆纸就变得像月亮一样，发出明亮的光辉来，照得屋里亮堂堂的，亮得连地上有几根毛发都数得清。

徒弟们都过来侍候。其中一个客人说："这么美好的夜晚，有欢乐就该让大伙儿都来分享。"说着，他从桌上拿起小酒壶，让徒弟们都来喝酒，还乐呵呵地说："尽管喝，酒有的是。人人都得一醉方休！"

王生心想："这真是会夸海口啊，才这么一把小酒壶，七八个人喝，还要喝得一醉方休，怎么可能呢？"这时候，徒弟们都各自找来了盛酒的杯子、盅子，争先恐后地去讨酒，生怕晚了轮不到自己。谁知道大伙儿一遍遍地轮过去，每个人都喝了好几盅，那小壶里的酒却始终斟不完。真是一把神壶哇！王生惊讶得不得了。

不一会儿，另一个客人也开口了："承蒙大师赐给我们一轮明月，只是冷冷清清地喝酒也没多大意思，为什么不把嫦娥也叫来呢？"说罢，这位客人随手就从桌上拿起一支竹筷，朝墙上的"明月"掷了过去。说来也怪，刹那之间，一个美人儿就从那轮"明月"里走了出来，起初不过一尺来高，等她走到地上，就已经跟凡人一般高了。只见她身材苗条，婀娜多姿，还飘飘逸逸地

跳起霓裳舞来,跳着跳着,又唱起歌来:

> 人说神仙乐逍遥,
> 哪有人间风光好!
> 月宫深幽多寂寞,
> 多想下凡走一遭。

唱完了歌,美人儿便飞快地盘旋起来,很快就旋到了桌面上。大伙儿正在惊讶,她竟又变成了一支筷子静静地躺在那儿了!师父和两位客人都哈哈大笑起来。

一个客人说:"今夜实在太快活了。我看咱们不如一块儿到月宫里再去喝几盅吧。"说罢,三个人抬着桌子,竟渐渐地走进了那一轮"明月"中。徒弟们看见他们三人在月中喝酒,十分地悠然自得,眉毛胡子也都看得一清二楚,像镜子里的人影那样。

后来,月亮渐渐暗了下去,四周又变得一片漆黑。有个徒弟点亮了一支蜡烛,烛光中,只见师父独自一人坐在桌边,那两位客人不见了,桌上吃剩的酒菜却还在;再去看那墙上的"明月",又变成一张普普通通的圆纸了。道士问大伙儿:"喝够了吧?"大伙儿都说:"够了,够了。"道士又说:"既然喝够了,就早点去睡吧,别误了明天砍柴。"大伙儿答应了一声,就都老老实实地退下了。

这样一来,王生又偷偷羡慕起师父的本领来了,决定不走了。

又过了一个月,还是老样子,一清早出发去砍柴,到傍晚才能回来,苦得要命,而道士却不肯传授一点点法术。王生等不及了,就去向师父告别,说道:"徒弟跋涉几百里路到这儿来向你求学，即使不能学到长生不老的秘诀，你也总该教我一点小法术吧。谁知道这两三个月，从早到晚，除了砍柴，还是砍柴，徒弟在家时可从来没吃过这种苦头。"

道士不禁笑了起来："我早就说过你是吃不起苦的，现在果然如此！好吧，明天早上就让你回去。"

王生说："徒弟在这儿做了这么多工，请师父多少教我一点小法术吧，也算这一趟没白来。"

道士问："你想学什么？"

王生说："徒弟常常看见师父走路，连墙壁都挡不住，如果能学会这个，我也就心满意足了。"

道士笑笑，一口答应下来，当即教给他一句口诀，让他背熟后再默念一遍，然后对他说："过去！低着头只顾往前闯，千万不可犹豫！"王生照道士说的去做，在离墙壁还有好几步路的时候，就低下头猛地闯了过去，过墙的时候，感觉仿佛那墙根本不存在似的。待回头一看，自己早已在墙的另一面了！王生高兴得不得了，庆幸自己终于学会了一种法术，就向师父叩头致谢。

道士叮嘱他说："你回去以后，要老老实实地做人，不能依仗着法术去做坏事，懂吗？你一旦有了坏心，法术也就不灵了。"说罢，又送给他一些钱，让他回去了。

王生回到老家，好不得意，逢人就说自己在崂山遇到了神仙，如何了不得，自己还会穿墙走壁，怎么说也称得上是个"半仙"了。

王生的妻子第一个就不相信，说他吹牛，于是王生就当场试给她看。只见他嘴里念着口诀，在离墙壁还有几尺远时，就低着头猛地冲了过去，到了墙壁跟前，只听得"咚"的一声，他的头撞在了硬邦邦的墙壁上,整个人倒弹回来,摔在了地上。他妻子赶紧过去把他扶了起来,一看,不得了,额头上早已撞出了一个大疙瘩。

他的妻子哈哈大笑,连声说他吹牛。王生恼羞成怒,大骂道士不怀好心,从此闷闷不乐,再也不提到崂山学仙的事了。

【故事来源】

据清朝蒲松龄《聊斋志异》卷一译写。

叶生死义

清朝时候,河南淮阳有个读书人,姓叶,人们都叫他叶生。叶生聪明绝顶,才华横溢,文章辞赋,当时没人可以跟他相比。只是这个人命运乖张,接连参加了几次考试,次次都名落孙山。

那时候,关东人丁乘鹤到淮阳来当县令,读到了叶生的文章,不觉眼前一亮,忍不住拍案叫绝,第二天就把叶生请进了县衙门。两人一交谈,顿觉相见恨晚。丁乘鹤当场就表态说:"你就留在我身边吧,一边读书准备考试,一边帮我做点事,也好有一份薪俸贴补家用。"叶生感激涕零,觉得终于遇上了知己,连忙叩头道谢。丁乘鹤知道叶生家境贫寒,生活拮据,所以除了薪俸之外,时常还额外送些粮食和银钱,接济叶生。

这年春天,又要考试了。丁乘鹤和主考官是当年的同窗好友,他特意写了一封信给主考官,信里写道:"我也不是来开后门,只是爱才心切,求贤若渴。淮阳叶生是个旷世奇才,却一直不能脱颖而出、蟾宫折桂,内中缘故,实难深究,现在向你推荐,还望能留意一二。"叶生考试回来后,丁乘鹤又特地要他把考卷默写出来,让他看看。丁乘鹤看罢答卷,又是赞不绝口,连说:"好文章,好文章!"谁知道命运就是会跟人开玩笑,这一年发榜出来,别人都眉开眼笑,兴高采烈,叶生却还是榜上无名。

他只好关起门来独自一人流泪，怨自己命不好。尤其让他伤心不已的是，丁大人对他如此关怀，满以为今年一定高中，想不到还是名落孙山，怎么向丁大人交代呢？

丁乘鹤知道了这事后，又把叶生叫了去，再三安慰，并举出许多古人的例子来鼓励他，要他发奋读书，明年再考，还对他说："明年考试，我陪你一起去，我就不信考不上！"

叶生被丁乘鹤的知遇之恩感动得泪流满面，于是向他告辞，说是要回到乡下家里，闭门读书，决不辜负大人的期望。丁乘鹤拉着他的手，一直把他送到大门口，俩人这才依依不舍地分开。

叶生回到家中，夜以继日，发愤读书，终于积劳成疾，卧床不起。丁乘鹤知道后，心急如焚，三天两头派人去问讯，还到处请医生为他医治，叶生却始终不见好转。

这时候，屋漏偏逢连夜雨，丁乘鹤因为得罪了上司，竟被撤职查办。他只好交出官印，打算回关东老家去了。丁乘鹤因为放心不下叶生，连夜写了封信给他，信中写道："我就要回关东老家去了，之所以迟迟没有动身，牵挂的就是先生。我想带你一起去，到我家养病读书，将来参加考试，也好了却你这辈子的心愿。你同意吗？假如先生早上能到县城，晚上我们就可以出发了。"

这封信传到叶生手中时，叶生的病情已经非常严重，根本无法起床了。叶生拿着这封信，前前后后读了好几遍，对丁乘鹤的这番深情厚谊，实在是感激得不得了。他泪流满面，提起笔来回了一封书信，说是自己重病缠身，实在无法上路，丁大人的情只能心领了，请丁大人先走一步，倘若以后有机会，他会去投奔大人的。

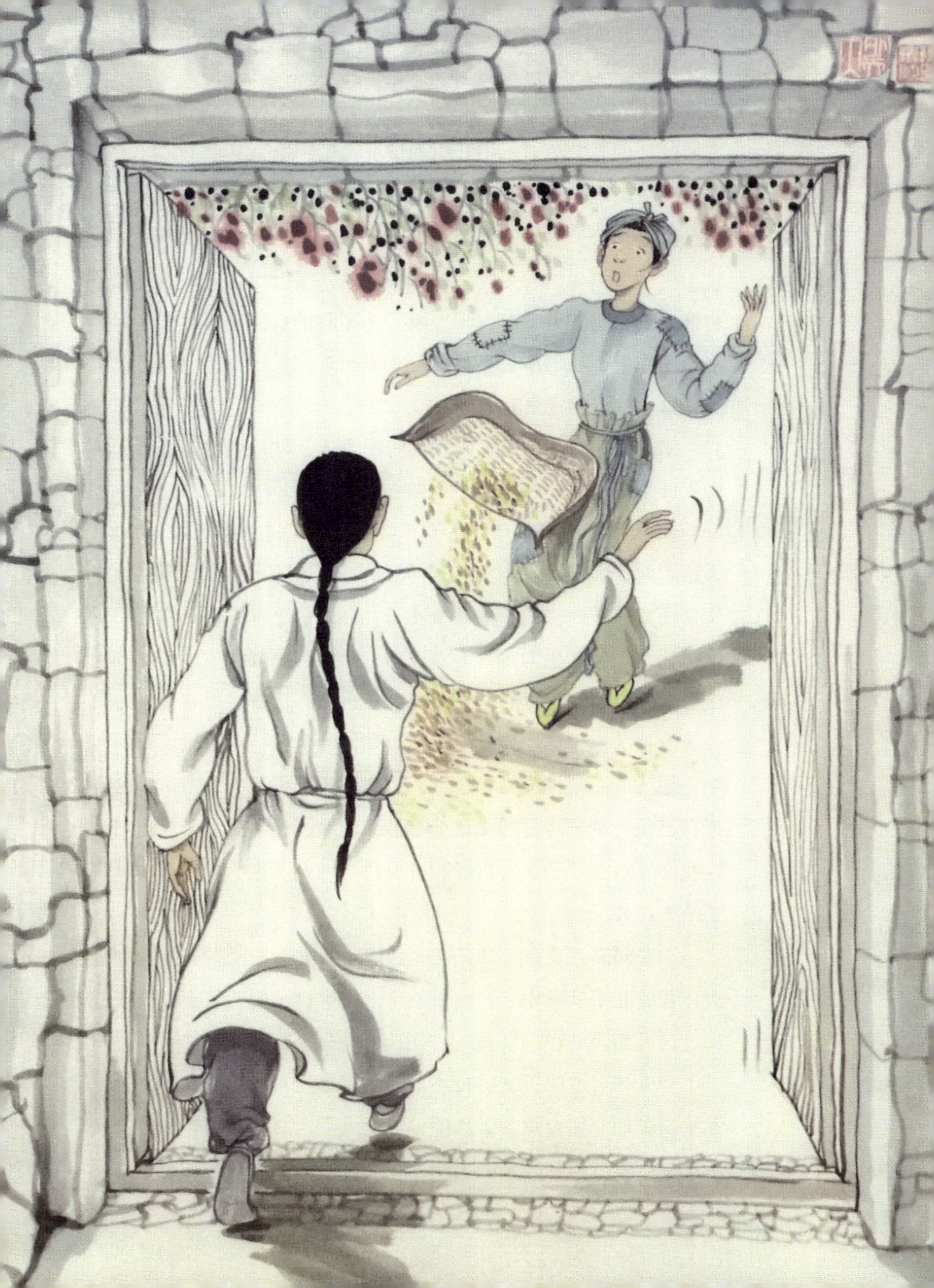

送信的人回来后，把叶生的情况说了一遍，又呈上了叶生的亲笔回信。可丁乘鹤还是舍不得撇下叶生，迟迟不肯上路。

过了几天，忽然家人通报说叶生来了。丁乘鹤喜出望外，连忙出门迎接，果然看见叶生拄着根拐杖，缓缓地走进来，看上去身体十分虚弱。见了面，叶生说：“为了我的病，害得大人迟迟不能返回故里，我心中很是不安。今早起来，觉得身体勉强可以上路，这才拄着拐杖来见大人。”

丁乘鹤心情为之一振，连忙吩咐家人，做好出发的准备，第二天就带着叶生一起上路，回关东老家去了。

却说丁乘鹤家中有个儿子，名叫再昌，这一年正好十六岁，人很聪明，但一直没有个好老师教他，所以还不会做文章。如今父亲回家，带回来的叶生是个才子，自然情况就大不一样了。丁乘鹤让儿子拜叶生为师，潜心读书，叶生为了报答丁乘鹤的知遇之恩，教得也格外尽心。再说这个丁再昌，自身也很有悟性，第一天看过的书，第二天就能背诵出来，叶生稍一点拨做文章的要领，他就能心领神会，融会贯通。这一年丁再昌参加考试，叶生把自己往年赴试写过的文章全都抄录出来，让再昌去读。再昌有这些好文章在肚子里，自然胸有成竹。榜发下来，果然高中，得了个第二名。

丁乘鹤高兴之余，却又有些惋惜，就对叶生说：“先生稍一点拨，我的儿子就考中了。可惜的是，先生自己的功名至今尚未成功，这可如何是好？”

叶生却坦然地答道：“能不能成功，还得看各人的命运，这是无法强求的。如今贵公子高中，也使天下人能够知道，我叶某人半世沦落，并不是叶某的无能。我还有什么可以抱怨的呢？人生能得一知己，已经足够了，何必一定要汲汲于功名呢！"

丁乘鹤却怕他一直在外面教书，耽误了自己的考试，就竭力劝他回家乡去。叶生却满脸愁容，就是不肯回去。丁乘鹤不知道内中底细，也不敢过于勉强，这事就一直拖了下来。后来，丁乘鹤总觉得叶生的事是自己的一块心病，就又嘱咐儿子再昌到京城里去为叶生纳粟，捐了一笔钱。这样叶生就成了一名监生，免去了府州县学的考试，可直接进国子监肄业参加乡试。这样一来，叶生终于扬眉吐气了。

正好这一年丁再昌被朝廷委派到河南去做官，他就对叶生说："这一次机会难得，学生正可以送先生衣锦还乡了。"叶生也很是高兴，一口答应下来。

这天，进入淮阳县界，丁再昌特地派了两名差役，护送叶生回家探视。

到了叶家门前，见房屋破旧不堪，门户萧条冷落，叶生不觉地一阵心酸。他下了马，迟疑地推开院门，走到天井里。这时候，叶生的妻子正好端着一只簸箕，走到天井里要扬麦，一见叶生进门，吓得大叫一声，扔下簸箕就朝屋里逃去。

叶生顿时泪如雨下，凄凄惨惨地对妻子说："如今我已经是监生啦，富贵就在眼前。咱们才分别三四年，你怎么就不认识我了？"

妻子回转身来，她早已泪流满面，哽咽着说："你死了三四年了，还说什么富贵不富贵啊？你的灵柩之所以迟迟未入土，实在是因为家里太穷了，儿子又太小，无力张罗。如今儿子也长大成人了，这几天我们正想请风水先生为你寻一块坟地。你可千万不要装神弄鬼来吓唬自己的老婆和孩子呀！"

叶生听到这里，也糊涂起来，照妻子的说法，自己死了已经三四年了，那么自己这三四年的日子又是怎么过的呢？他满腹狐疑，不知不觉地又朝屋里走去，走到正间，看见那里果然放着一具灵柩，灵柩前的牌位上清清楚楚写着自己的名字，到这时他才恍然大悟：喔，原来我已经是鬼了！

这一悟，叶生顿时跌倒在地上，身上穿戴的衣服帽子、鞋子袜子全都像金蝉脱壳一般，脱落在地上。叶生的妻子目睹这一切，越发悲痛欲绝，奔过去抱住衣服就号啕大哭起来。

叶生的儿子从私塾读书回来，看见门口有两个差役守候着，一问，知道他们是护送叶先生回来探亲的，也是大吃一惊。他连忙奔进去问母亲，母亲哭着把刚才的事说了一遍，他们俩又抱头大哭起来。

两个差役惊疑参半，赶紧回去禀告丁再昌。丁再昌思前想后，才知道自己一开始遇见的就已经是他的鬼魂了，便对叶先生就越发钦佩起来。他立即披麻戴孝，直奔叶先生家去吊唁，捐资操办丧事，按照孝廉的规格为他建造墓地，还送了一笔厚礼，并专门请教师教读叶生的儿子。后来，叶生的儿子参加州县考试，被录取为生员，终于实现了他父亲的遗愿。

【故事来源】

据清朝蒲松龄《聊斋志异》卷一译写。

蒲松龄写书

清朝时候，山东淄川出了一个大文人——蒲松龄。他写过一部非常有名的小说集《聊斋志异》。这部书表面上说的都是神仙鬼怪和各色各样狐狸精的故事，有点荒诞不经，其实呢，蒲松龄是通过谈狐说鬼来评说世事。全书用笔精致，气韵生动，寓意深刻而又不露丝毫雕琢的痕迹，真是到了炉火纯青的地步，人人读了都说好。

说起蒲松龄当年写"聊斋"的过程，他的家乡还流传着许多动人的故事呢。

据说蒲松龄虽然文才出众，聪明绝顶，但在那时却有些不合潮流。他一辈子参加过好多次考试，却次次名落孙山，一直到七十一岁那年，才中了个贡生。你说怪不怪？他除了中年时曾在江苏宝应做过一段时间的幕客之外，就一直在家乡做私塾先生，教孩子们念书。

蒲松龄家境十分贫困，可是他的性格却又非常孤傲，就是穷得揭不开锅了，也不肯低声下气去求别人。他为了写《聊斋志异》这部书，常到老百姓当中去搜集素材。每天一清早，他就起床去烧开水，烧好水后，先在一个大茶壶里泡上满满一壶茶，再带上一包旱烟，来到村口大路边的一棵大柳树下，在地上铺一张芦席，放上大茶壶和旱烟管，然后就坐在那里等南来北往的行人歇脚聊天。

却说行人路过这儿，本来就想歇歇脚，再一看，树下还有个教书先生模样的人正笑眯眯地向他招手呢，那儿连芦苇席子都铺好了，还有茶喝，有烟吸，多好！一般情况下，路人就赶紧过去坐了下来。于是，蒲松龄开始和他们天南地北、海阔天空地聊起来，变着法子让他们说出几个故事来。

有时候，别人一时摸不着头绪，也不知道该从哪里说起，蒲松龄也不着急，就自己先给别人说故事。这么一来，听的人来了劲，大腿一拍，就有声有色地说开了："喔，你说的是这种故事呀，那可就多了。我们村里有个老人，可会讲故事呢，你可以去找他聊。喏喏喏，今天我先给你说几个……"

蒲松龄最喜欢听别人讲狐狸精和鬼的故事。这些故事听上去曲折离奇，荒诞不经，但是仔细一琢磨，就会觉得这些故事其实说的都是人世间的悲欢离合和喜怒哀乐。所以，说的人往往越说越动情，听的人越听越有滋味。有时候过路人说着说着，就说渴了，蒲松龄赶紧斟上一杯茶，请他解解渴，再递上旱烟，请他吸上一杆，提提神。说着说着，他们还交上朋友了呢。

消息一传开，四乡八里的老百姓都知道这儿有个教书先生喜欢听故事，而且为人随和热情，好交朋友，于是那些会讲故事的庄稼人就都来和他交朋友了。

蒲松龄从庄稼人那里听到许许多多动人的故事后，回到家里就记录下来。其中有的故事原先比较简短，或者意义不大好，他就动脑筋改一改，把故事写得更加曲折生动，更有意思。暑去寒来，他不断耕耘，积少成多，足足花了二十多年的时间，终于完成了这部《聊斋志异》。

书完成之后，蒲松龄想把它刻印出来，广为传布，可自己又是个穷书生，要完成这件事还是很困难的。不过，俗话说，酒香不怕巷子深，慢慢地，许多文人都知道了这部书，都千方百计地向蒲松龄借手稿来看。凡是看过的人，也没有一个不说好的。

那时候，山东新城还有一位大文人，名叫王士禛（zhēn），号渔洋山人，进士出身，做官做到了刑部尚书。此人诗赋文章，在当时都是首屈一指的，还收了很多学生，可以说名气要比蒲松龄大得多。他听说淄川有个蒲松龄写了一部《聊斋志异》，很想跟蒲松龄交个朋友，就一连三次亲自到淄川登门拜访。谁知道蒲松龄却是个天生的倔脾气，一连三次，他都躲了起来，就是不愿跟人家见面。

别人弄不懂了，跑去问他："王渔洋是当今有名的大文人，你为什么不肯见他？"

蒲松龄笑了笑，坦然回答道："这个人虽然很风雅，但毕竟是做官的，有一股贵族气，我这个庄稼汉跟他坐不到一起去。"

后来，王士禛又托人跟蒲松龄说，愿意出三千两银子把这部书稿买下来，再设法把它刻印出来，可以使这部好书广为流传。可是，蒲松龄不答应。

王士禛还是不死心，又三番五次地托人来说。蒲松龄后来想了又想，觉得人家毕竟是个大文人，能够放下架子，这么诚心诚意地来跟自己商量，也是出于一片好心。于是，他就改变了主意，派人把《聊斋志异》书稿送到王士禛的家里，让他看一遍，并一再叮嘱那个送书去的人，等王士禛看完，还得把书稿带回来。

王士禛接到《聊斋志异》这部书稿后，挑灯夜读，一夜没睡，到天亮的时候把书稿全都看完了。有的地方，他还加了些批语，然后把书稿交还给来人，托他带回去。

这件事后来传扬了出去，大家对蒲松龄更加敬仰。

【故事来源】

据清朝邹弢(tāo)《三借庐笔谈》卷六译写。

高士奇随銮

清朝康熙皇帝曾多次南巡，每次南巡，都指名要高士奇随銮(luán)。高士奇有什么本事，能深得康熙宠幸？说起来，这里还有几段有趣的故事呢。

高士奇原是华亭（今上海松江区）人，家里很穷，读书倒是很用心。他精通文史，书法也不错，为了谋生，背了个被头来到北京，靠卖字谋生。这个人很会动脑筋，到店铺买来一大摞白纸折扇，一把一把地在扇面上题字，拿去送给京中达官贵人家中的用人们，和他们拉关系，联络感情，请他们在适当的时候给自己拉点生意。

当时京城有个权臣叫明珠，他家看门人也拿到高士奇送的一把折扇，明珠看着觉得字写得很不错，就把高士奇请到家中做家庭教师，专门教他儿子读书。

有一天，明珠急着要写好几封书信，而原先的书记却请假回去了，一时又没有合适的人选，于是他请来了高士奇。一会儿工夫，高士奇就把几封书信都写好了。书信措辞得当，言简意赅，而且文辞典雅，字又十分漂亮。明珠十分满意，一高兴，就把他留在身边，掌管书记。后来，明珠又把高士奇推荐给了康熙皇帝。

高士奇十分乖巧，很会拍马屁。有一次跟着康熙去狩猎，康熙的坐骑不知道为什么突然暴跳如雷，差一点把康熙给掀下马去。这样一来，康熙心里总存了个疙瘩，一直高兴不起来。高士奇在边上察言观色，发觉了康熙的心情变化，就故意到烂泥浆里滚了一滚，把衣服弄得很脏，然后再骑马站到康熙旁边。康熙见他这副模样，很是奇怪，问他是怎么回事。他故意说："臣刚才从马上摔下来，跌在泥潭之中，来不及换衣服。"康熙一听，哈哈大笑，说道："你们这些南方人到底太文弱了，朕的坐骑刚才也无缘无故发起脾气来，毕竟还是被朕降服了，怎么会跌下马去呢？"这么一说后，他刚才窝了很长时间的闷气就全消散了。

高士奇为了讨康熙皇帝的欢心，真是动足了脑筋。他进宫之后，就去巴结那些小太监，让小太监给他通风报信，告诉他皇帝每天的一举一动，每报告一件事，他就送给小太监一颗金豆。每次进宫，他总是装一袋金豆，出宫的时候，金豆就全没有了。比如说，打听到康熙皇帝这几天正在看什么书，他就马上找出这本书，细细读一遍。这样一来，康熙每次问高士奇问题，他总能对答如流，旁人哪里知道他暗地里下的这些功夫。所以，康熙对高士奇的印象越来越好，甚至对大臣们说："你们这些人，谈起学问来一个也比不上高士奇！"

有一次，康熙来到杭州，喝得酩酊大醉，前往灵隐寺游览。寺里的住持和尚早就知道这个皇帝喜欢风雅，每到一地，总要吟诗题字，现在到了灵隐寺，少不得也要露一手的。所以，他就预先准备好文房四宝，跪求皇上为灵隐寺重题一块寺匾。康熙一听，正中下怀，乘着酒兴就提起笔来，唰唰唰几笔，就已经写好了"靈"（灵）字上半截的"雨"字头。等写好这个"雨"字头，他才猛然发觉，刚才一时粗心大意，把"雨"字头写得太大，下半截的三个"口"字和一个"巫"字，再有天大的本事也装不下去了。这可怎么办？康熙一慌，酒也醒了。正在尴尬的时刻，高士奇急中生智，想出了个解救的点子。他偷偷地在自己的手掌心里写下"雲林"二字，然后装作要去替皇上磨墨，悄悄地伸出手掌心，朝康熙亮了一亮。康熙心领神会，当即随机应变，把"靈"字写成了"雲"字，于是灵隐寺从此就变成了"雲林寺"。直到今天，康熙题的这块将错就错的寺匾还挂在灵隐寺天王殿前的大门上。

康熙巡游镇江金山寺时，寺里的和尚也跪求皇上题字，康熙一时搜肠刮肚，竟想不出合适的字句来。又是这个高士奇，早已在另外一张纸上写好了"江天一色"四个字，悄悄地塞给康熙。康熙打开一看，不觉眼前一亮，觉得这四个字用在这里十分合适，所以二话没说，提起笔来就写下了这四个大字。因为心里高兴，字也写得特别精神。

康熙一行又来到苏州狮子林，一看那些假山石，玲珑剔透，巧夺天工，惹人喜爱，康熙不觉脱口而出，说了句："真有趣。"高士奇马上接着说："好，好，去掉中间一个'有'字，就是一个极好的门额。"康熙心想："真有趣是句俗语，本来是不登大雅之堂的，现在高士奇不动声色地替我一改，就成了个高雅的门额，这个人确实有本事。"后来，康熙在狮子林题的字果然就是"真趣"二字。

有一天，康熙和明珠、高士奇三人一起站在偏殿上说话，康熙忽然心血来潮，笑着问他们："今儿个咱们像什么？"

明珠没有多想，随口就说："三官菩萨。"

高士奇当即发觉明珠这句话说错了，连忙跪了下去，补充说道："高明配天。"

明珠一听，马上发觉自己闯了祸，额角上顿时冒出了黄豆大的汗珠来。

【故事来源】

据《清朝野史大观·清人逸事》卷五译写。关于康熙游金山寺题匾的事，清朝李伯元的《南亭笔记》卷五说成是纪晓岚与乾隆的故事。

窦尔敦焚寺

清朝康熙年间，河北献县出了个响当当的绿林好汉，名叫窦尔敦。此人武艺高强，性格豪爽，在他的家乡一带，到处流传着他的故事。

一次，大路上有个孤身客商，骑着一匹白马，肩上挎了一个沉甸甸的包裹，正急匆匆地赶路。走着走着，突然发觉不对头，怎么身后老是跟着一个骑马的人呢？他走得快，那个人也快，他走得慢，那个人也慢，看起来十有八九这个人是响马，专门拦路抢劫的。早就听说附近有个叫窦尔敦的，好生厉害，会不会撞上他了？这么一想，他顿时心里紧张起来，就用鞭子狠狠地抽打马屁股。马儿受惊，拼命地往前跑，不知不觉就错过了住宿的地方。天慢慢黑了下来，客商想：这前不着村、后不着店的，后面还有强盗跟踪，这可如何是好？

再一看，前面不远处有座古庙，他只好硬着头皮去敲门，请求借宿。

谁知道庙门还没有开，后面那个人也赶到了。那人不是别人，正是赫赫有名的窦尔敦！天黑了，他也得找个地方过夜才是。

客商来不及多想，庙门已经"吱呀"一声打开了，出来一个人，身材高大魁梧，满脸横肉，颌下一把拉碴胡子，煞是怕人。

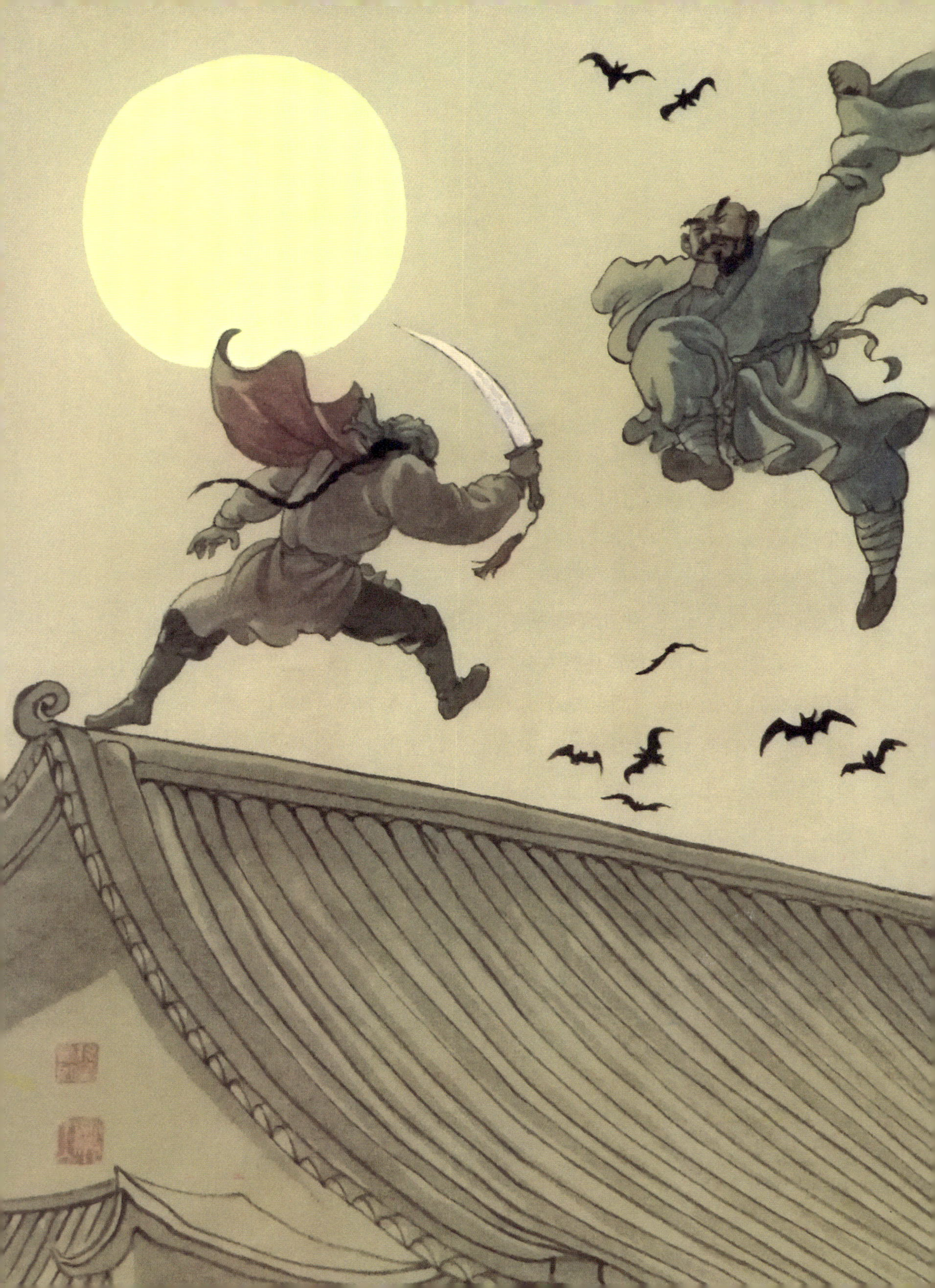

他一见客商肩上挎着的包裹沉甸甸的，脸上当即露出笑容，哈着腰把两个人领了进去，拿出饭菜招待他们；接着又把他们两人领进后厢房，安排过夜，然后侧着身子退了出去，态度很是殷勤。

等和尚一走，窦尔敦便蹑手蹑脚地走过去，想开房门，一拉，拉不开，门从外面锁上了。于是，窦尔敦心中有数了，他不慌不忙地对客商说："明人不说暗话，我就是窦尔敦。今天我原来是想跟踪你的，想不到'大意失荆州'，现在我们两人都进了贼窝。那个胖和尚居心不良，把我们反锁在房里，还不是看上了你包裹里的银子！你不用怕，有我在，你就有救。"

窦尔敦说罢，从怀里取出火镰*，先点了个火，在屋里一处处地查看起来。他走到西北角，见角落里放着一只大竹筐，筐里塞满了破棉絮。他轻手轻脚地将竹筐掇起，一看，下面有个地洞，隐隐约约地可以看见有石阶通到下面。

于是，窦尔敦从怀里取出一把利刀，吩咐客商待在屋里别乱动，就一个人走了下去。

地道很长，七拐八弯的，最后他来到了一个院落，走进去一看，是个花厅，厅里灯火通明，那个胖和尚坐在正中的太师椅上喝酒呢，边上还有好几个年轻妇女在侍候着他。

和尚的酒量很大，不一会儿，壶里的酒喝光了，有个妇女拿着酒壶出门，要去添酒。窦尔敦一把将她挟住，拉到一个僻静的角落里，问她怎么会到这里的。

那妇女一见窦尔敦，哽咽着说出了内情：原来她是附近村子里的人，结婚不久，就被胖和尚看中了，被抢到寺中，关在了密室里；像她这样长得漂亮一点的女子，少说也有二三十人，全被胖和尚霸占了。

火镰
一种早期取火工具，用钢铁制成，形状像镰刀，打在火石上，发出火星，点燃火绒，可以人工取火。

窦尔墩一拍胸脯,说:"你要是能听我的话,我一定救你出火坑。"

那妇女求之不得,连连点头。

窦尔敦继续问:"胖和尚平时用的是什么兵器?"

妇女说:"兵器很怪,是两支长枪,枪头上装了大大小小的尖刀几十把,很像两只刺猬。胖和尚一旦挥舞起来,就像千百把尖刀在旋转,谁碰上,谁就会没命。"

窦尔敦说:"这事好办,你不动声色地回去,尽量劝他喝酒。乘他不防备,把他的兵器偷出来交给我,这样他就成了死蟹一只,再也发不出威来了。"

那妇女倒也是个乖巧的人,一看有这么一个英雄好汉撑腰,还怕什么?于是,她就装得像什么事情都没发生似的,斟满了一壶酒,又款款地回花厅去了。

胖和尚丝毫没有察觉,还是大口大口地喝酒,喝到后来,终于有些醉醺醺了。那妇女一看机会来了,就跟几个要好的女子这么一说,一起商量了个办法,把胖和尚的兵器偷了出来,交给了窦尔敦。

窦尔敦拿到兵器,胆子就越发大了。他把兵器朝暗处一藏,就手持利刀,大喝一声,冲进了花厅,直向胖和尚刺去。

胖和尚一吓,顿时酒醒了一半,连忙去拿他的兵器,找来找去却找不到,不觉吓出了一身冷汗。他只好腾空飞起,跳到梁上。窦尔敦眼明手快,当即也腾空而起,追到梁上去跟他格斗。两个人蹿上跳下,在花厅里反复周旋,苦苦搏斗。大约过了一顿饭的光景,两人渐渐就分出高下来了。窦尔敦手里有刀,胖和尚是赤手空拳;窦尔敦是早有准备,精力充沛地来跟他格斗的,胖和尚却喝醉了酒，猝不及防，哪里是他的对手，终于一不小心，跌倒在地。窦尔敦迅速赶到，手起刀落，砍下了胖和尚的脑袋。

恶人一除，皆大欢喜。窦尔敦当即吩咐那些妇女，把胖和尚所有的家财和金钱细软统统拿到寺门外面空旷的地方，招呼那个客商赶快打点好行李包裹，牵出两个人骑的马，然后他点了一把火，把这座古庙给烧了。

大火冲天而起，四周村子里的农民不明底细，纷纷赶来救火。窦尔敦对客商说："这事情乡亲们自然会料理的，咱们还是赶路要紧。"于是，他们就一前一后，跃马疾驰而去。

第二天天亮时分，他们来到一个三岔路口，该分手了。客商非常感激窦尔敦的救命之恩，一定要分一半银子给窦尔敦。窦尔敦哈哈大笑，拍拍客商的肩膀说："算了算了，我要是想要你的银子，还会等到这会儿吗？"说完，便拱一拱手，扬马加鞭，疾驰而去。

【故事来源】

据清朝高继衍《蝶阶外史》卷二译写。窦尔敦的故事久负盛名，通俗小说《施公案》中就有二十回文字的相关描述，京剧传统剧目《连环套》更为人们喜闻乐见。

叶天士学医

清朝康熙年间，苏州城里出了个赫赫有名的医生，名叫叶桂，字天士，号香岩。当地人都叫他叶天士。他之所以医术高超，妙手回春，除了承续祖传之外，还因为年轻时他曾四处投师，先后拜过十七位名医为师，虚心求学，博采众长。说起他求师学医的经历，还有一段有趣的故事呢。

当年，浙西某县有一个举人，约了一个同伴一起进京赶考。船到姑苏时，举人生起病来了，同伴赶紧雇了一顶轿子，把他抬到叶天士家里去医治。

叶天士诊断了好久，说："你的病并不重，不过是一般的伤风感冒，吃一帖药，发发汗就会好的。听口音，你不像是本地人。你要到什么地方去？"

举人把进京赶考的事告诉了他。叶天士一听，不觉皱起了眉头，严肃地对他说："你别去了吧！说实话，你已经患上了消渴症。从此地到京城，坐船以后，还要登陆步行，千里迢迢，一番劳顿，你的消渴症将会发作，会出现口渴、易饥、尿多、消瘦等症状，到那时候就无药可救了。所以，我劝你不要再去赶考啦，赶快回家吧！"说罢，他开了一张药方给举人，又吩咐徒弟把这位病人的病情和诊断处方等信息详细地登记到医案里去。

举人一听，顿时感觉像百爪抓心，难受极了。他无精打采地回到船上，想着想着，不觉流下了眼泪。他向同伴告别，打算回家去了。

同伴却不以为然，还是劝他去赶考，说道："哪里会这么严重？医生想要赚钱，总会把病情夸大，说得吓人，其实也不过如此。再说，这个叶天士年纪轻轻，能有多少本事？他又不是神仙，会说得这么准？！你千万别放在心上。"

第二天早饭后，举人服了叶天士开的药，发了汗，病情果然轻了许多。同伴就一再鼓励他振作精神，继续北上。只是一路之上，那举人老是记挂着叶天士说的话，心里一直闷闷不乐，打不起精神来。

船到了江口，碰到逆风，渡不过去，听说当地有座金山寺，香火很盛，同伴就约他一起去游览一番。

到了金山寺，只见大门前挂着一块医僧的招牌，举人心里一动，想着多找个医生看看总是好的，于是进寺求医僧诊断。

老和尚在禅房里搭了搭举人的脉，沉思片刻，慈眉善目地问他："客人准备到哪里去？"

举人就把进京赶考的事告诉了老和尚。老和尚听完不禁皱起了眉头，对他说："恐怕来不及了！你在这一路上，登岸走路，风尘仆仆，消渴症将会发作的，最多只能活一个来月罢了，何苦一定要到这么远的地方去呢？"

举人流着眼泪，自言自语地说："真的跟叶天士说的一模一样！"

老和尚眉梢一挑，问他："喔，叶天士也诊断过了？他说了些什么？"

举人说:"他只说了四个字:无药可救!"

老和尚听了微微一笑,慢悠悠地说:"这就不妥了!药如果不能治病,那么学识渊博、技术精湛的人留下医术有什么用呢?"

举人是个很机警的人,听到老和尚这么说,当即察觉话中有话,连忙"扑通"一声跪到地上,恳请老和尚救他一命。

老和尚连忙把他搀了起来,对他说:"你不必过于忧虑,吉人自有天相。你要去赶考,一片诚心,我也不能过于扫你的兴。要去,就去一趟吧。你登岸之后,路过王家营,那个地方盛产秋梨,你尽量多买些梨子,把它装在后车上。渴了就吃梨子,以梨代茶;饿了就蒸梨子,当饭吃。等吃下一百来斤梨子后,病也就能好了。这个叶天士也真是的,少年气盛,怎么可以说'无药可救',耽误人家的性命呢!"

举人听了,破涕为笑,拜谢了老和尚之后便高高兴兴地走了。

到了清河,举人和同伴一起离船登岸后,果然如老和尚所料,他的消渴症便发作起来。

举人当即按照老和尚的吩咐,买了许多梨子,口渴了吃梨子,肚子饿了也吃梨子,一直吃到京城。吃光了一百多斤梨子后,他的病果然好了!

举人参加了礼部主持的考试,没有考中。不过他还是很高兴,心想:"这次考不中,下次还可以考,留得青山在,不怕没柴烧。老和尚治好了我的病,我可要好好感谢他的救命之恩哪!"

回到镇江,举人诚心诚意去拜访金山寺的医僧,并送上二十两纹银和从京城带回的一些土特产,作为谢礼。

老和尚只肯接受一些土特产,坚持不收银子,并意味深长地对他说:"先生回去,路过姑苏城的时候,最好再去看看叶天士,请他替你诊视一下。倘若他说你没有病，那你就用他说过的话去问他；如果他问你是什么人治好了你的病，你就告诉他，是我这个不中用的老和尚。你要是这样做了，比赠送我厚礼还要珍贵呢！"

举人一到姑苏城，就去拜访叶天士，再次请他诊视。

叶天士一搭脉，不觉有些奇怪，问道："咦，你又没有病，来医治什么呢？"

举人微微一笑，说道："先生真是贵人多忘事！就在一个月之前，也是在这张桌子跟前，先生说我无药可救，最多只能活一个月了。你难道不记得了？"

叶天士大吃一惊，连忙让学徒查询医案，自己也很快想起了这件事。现在一看，病人非但没死，反而比过去更健康了，这究竟是怎么回事？他惊奇地问："这简直不可思议，先生大概遇到神仙了吧？"

举人幽默地说："不是神仙，是佛。"于是他把金山寺医僧的话一五一十地说了一遍。

叶天士说："我知道了！先生，我很对不起你，误诊了你的病，我要向你道歉。说起来，我在姑苏城里还是小有名气的，如今却出了这么个错误，说明我的医术还远远没学到家。从现在起，我要停止行医，到金山寺去向高僧求教！"

果然，叶天士说到做到，当场就摘下了自己行医的招牌，关上了大门，把学徒也全都遣散了。然后，他一个人悄悄地雇了一只小船，换上用人的衣服，直奔金山寺而去。

到了寺里，他叩见了老和尚，但不敢说自己是叶天士，担心说出真名后老和尚不收他。他改换姓名，恳求做老和尚的仆人，好学点医术。

老和尚朝他看看，觉得他是个蛮老实的人，也就答应了。

叶天士很勤劳，每天除了扫地、抹桌子，一空下来就恭恭敬敬地侍立在老和尚身边，一眼不眨地看老和尚给病人治病，不肯放过一点点细小的地方。几个月下来，从老和尚诊视过的一百多个病例来看，叶天士觉得老和尚的医术跟他不相上下，并不见得高明多少，心里不觉犯起了嘀咕。有一天，他对老和尚说："师父的医术，我看懂了一点，请让我来开个处方试一试，可以吗？"

老和尚说："也好，试试看吧。"

看过一个病人后，叶天士把自己开的处方恭恭敬敬地送给老和尚看。老和尚说："不错。你学得已经跟姑苏叶天士差不多了。但为何你不自己挂牌行医，还要跑到这儿来跟我这个出家之人学呢？"

叶天士说："我担心像叶天士那样误人性命，所以不敢大意。我还须勤学苦练，努力做到精益求精，然后再出去挂牌。"

老和尚点点头，高兴地说："对呀！你只要虚心好学，一定会大有作为的。"

一天，外面抬进来一个快要断气的病人，肚子大得像有身孕似的。来人说："病人的肚子已经痛了好几年，也不知是什么毛病。现在痛得更厉害了，请救救他吧。"

老和尚诊视完毕，又嘱咐叶天士复诊，开处方。

叶天士诊视完毕，提起笔来，只开了三分砒霜，然后交给老和尚看。老和尚笑着说："方子可算是对症下药了，不过不及我的地方正在这里。你不觉得过于谨慎小心了吗？这张方子，砒霜一定要用一钱，才能使病人起死回生，永断病根。"

叶天士吓了一跳，连忙问："师父，病人肚子里有虫，用三分砒霜就足够杀死这些虫了。砒霜用得太多，病人怎么吃得消？"

老和尚慢悠悠地说："你这就叫只知其一，不知其二。只知病人肚里有虫，却不知这虫有多大。你知道吗？这条虫已经有两尺多长啦！用三分砒霜，只能暂时制一制它；过些日子，药性一过，它还会醒过来。到那时候，你再给病人吃砒霜，虫已经有了耐药力，不怕砒霜啦，病人也就没救了。现在我把砒霜增加到一钱，可以一下子把这条虫杀死，让它随着粪便排出，岂不更好！"

叶天士听得口服心服，这才知道老和尚的医术确实高超，自己跟他还差好大一截呢。

老和尚一面吩咐学徒取出砒霜，当场给病人吃下去，一面对来人说："赶快抬回寓所，病人到了夜里一定会排便，虫也就出来了。到时候，请把虫拿过来给我的这位徒弟看一看。"

来人一口答应，抬着病人就走了。

到了夜里，病人家属果然送来了一条红颜色的虫，足有两尺多长，并说病人已经苏醒，感到肚子很饿，想吃东西了。老和尚笑眯眯地吩咐来人，可以用参苓熬粥给病人吃。这样，不到十天工夫，病人的病就痊愈了。

这样一来，叶天士对老和尚佩服得五体投地，觉得这次没有白来。他高兴得好几夜都睡不着觉，后来索性来了个竹筒倒豆子，把自己的真实姓名和上门求教的动机，都告诉了老和尚，请他务必多多指教。老和尚一听，心想：叶天士毕竟是姑苏名医，今天能够这样虚心好学，也实在难能可贵。所以，老和尚并不责怪他，反倒拿出一册医书，送给了他。

叶天士辞别老和尚后，回到姑苏，重新挂牌行医。他更加勤奋好学，更加努力地钻研医术。据说，在他手里，再也没有治不好的病了。

【故事来源】

据清朝吴炽昌《客窗闲话》续集卷四译写。宋代就已盛传类似的名医传说。宋朝孙光宪《北梦琐言》卷十的《梁新和赵鄂》、陈鹄《耆旧续闻》卷七的《太素脉》、洪迈《夷坚志》支景卷八的《茅山道士》说的名医虽然各不相同，但故事情节大致相仿。

年羹尧拜师

年羹尧是清朝康熙、雍正年间赫赫有名的大将军,曾平定边疆乱事,屡建战功。据说他小时候十分顽皮傲慢,和别家的孩子大不一样,从不肯坐下来读书。老师管管他,他就挥拳把老师打一顿。虽说老师年纪比他大,可是论打架根本不是他的对手,再说了,哪个教书先生愿被学生打?所以,一连有三个教书先生都因受不了这口气,愤而辞职。消息一传开,教书先生之间相互通气,都说千教万教,就是年家这个小孩不能教。

年羹尧的父亲气得要命,却也无可奈何,看看儿子已经十三四岁了,不读书,只是打架、玩耍,长大了能有什么出息?不行,还得让他读书,这才是正路。于是,年家在十字路口贴出榜文,公开招募教师,薪俸从优。这榜贴在那里都快一个月了,竟没有一个人肯上门来应聘。

一天,一位年近六十岁的老人突然来拜访年羹尧的父亲,问道:"听说你家公子缺个老师,我想来试试,不知道行不行?"

年羹尧的父亲见他年纪这么大,不觉有些担心,主动对他说:"先生一番好意,我是十分感激的。只是我这个儿子实在太不像话了,动不动就打人。在你之前,已经有三位老师被他打跑了,你能胜任吗?"

老人笑呵呵地说:"不怕,不怕。这事我早就听说过了,你不妨让我试试看。"

年羹尧的父亲见他一副胸有成竹的样子,倒也有些将信将疑起来,心想:死马当作活马医吧,既然他来了,让他试试也好。于是就答应了下来。为了图个吉利,年家又特地挑了个黄道吉日,点起香烛,铺起红地毯,举行拜师仪式,硬逼着年羹尧朝老师磕了三个响头。谁知道刚刚磕过头,一转眼就找不到他的人影了。

第二天,正式开学,老人在书房里等年羹尧来上课,等来等去却不见人。后来小书童跑来报告,说是公子正在后花园里搬泥种花呢。老人嘿嘿一笑,不理不睬,自顾自地看起书来。

第三天、第四天都是老样子,年羹尧不是种花,就是逮鸟,要不就和几个小书童一起捉迷藏,就是不肯到书房读书。老人呢,倒也沉得住气,你不来读书就拉倒,我也不来叫你、催你,只顾自己在那里悠闲地看书。就这样,一晃过去了三个月。

那天,老人看书看得有些累了,就弹起琵琶来。琴声叮咚,激越清扬,传到了后花园,年羹尧听到了,一打听,才知道是老先生在弹琵琶。他心痒痒地也想学,就撞开书房的门找老师,说道:"老师,我愿意学这个,你教我吧。"

老人说:"你还是玩你的去吧,学这个有什么用?"

年羹尧嘟起嘴巴不肯走,再三恳求:"老师,我就是要学这个,我一定会好好学的,求求你,教教我吧。"

老人被缠得烦不过,就手把手地教起来。

年羹尧十分聪明,学了不到半个月,就已经能弹奏简单的乐曲了。但他毕竟是小孩子脾气,没有耐心,还没有学精,就厌倦起来,放下琵琶,又逮鸟去了。

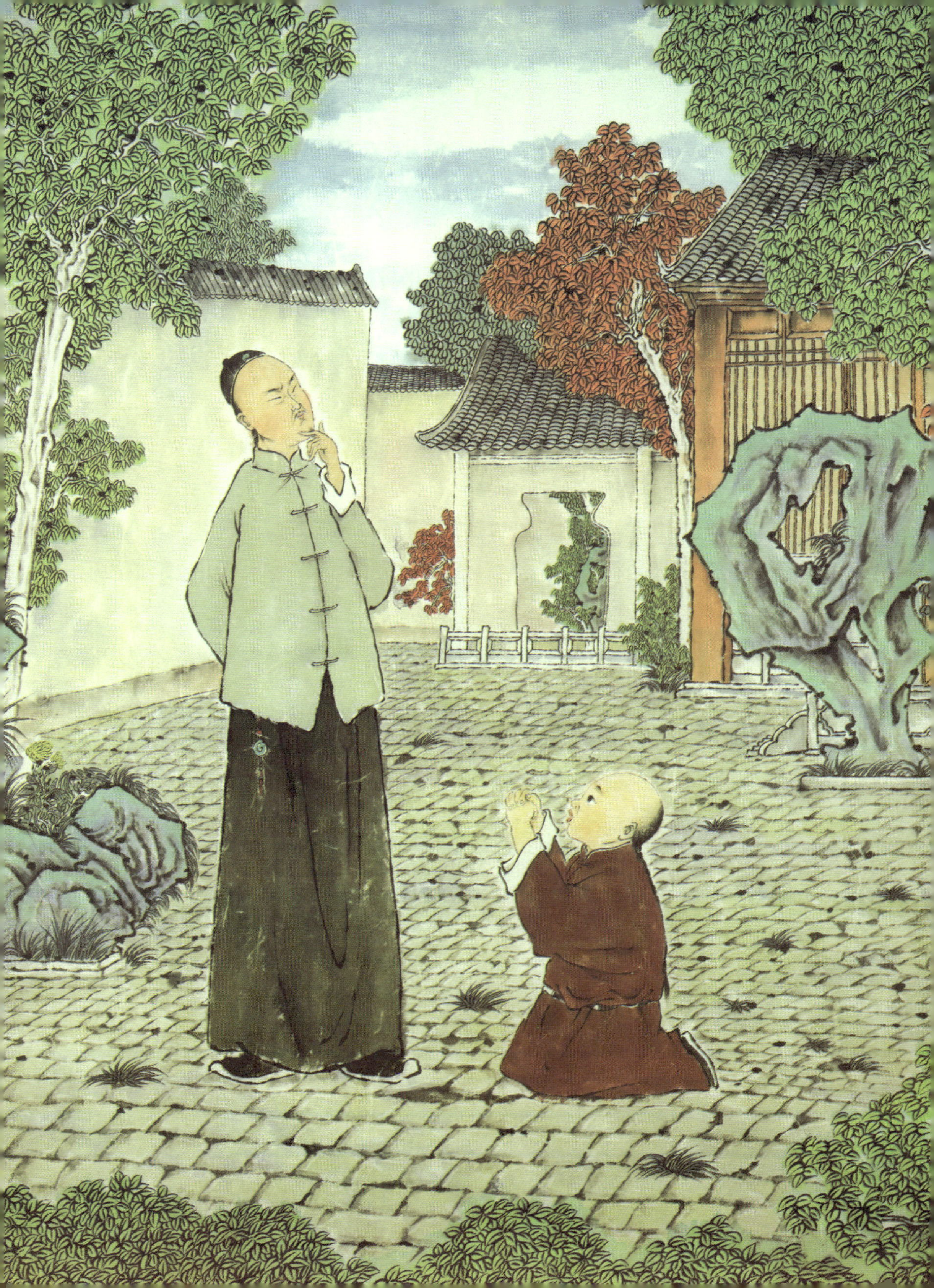

老人朝他笑笑，也不多说，还是自顾自地看他的书。

过了几天，老人又取出一支胡笳，"呜哩呜哩"地吹奏起来。笳声凄哀，缠绵悱恻，传到后花园，被年羹尧听到了，他又心痒痒地想学，便一溜小跑地闯进书房，大声对老人说："老师，我愿意学这个，你教我吧。"

老人说："这玩意儿可不是你学的，就是教你，你恐怕也学不会。"

年羹尧缠着老人说好话："我能学会的。老师，这次我一定好好学。"

老人就开始教他吹起胡笳来了。这胡笳虽然很难学，可是年羹尧还是很快就学会了。只是他耐心不够，刚会吹几支简单的乐曲，就又扔下胡笳，到后花园玩耍去了。

就这样，一晃一个月又过去了，年羹尧竟没读过一天书。老人还是听之任之，置之不问。

一天，老人关起房门，在书房里玩起拳棒来，年羹尧正好路过，从门缝里一看，嗬！好棒！看不出这个老头居然会拳棒。这一下又把他的兴趣给勾上来了。他撞开书房门，对着老人就磕起头来，连声说："老师，我最喜欢拳棒了，你就教我这个吧。"

老人笑呵呵地说："听说你力大无穷，很会打架，现在你去把用人们都叫来，好好跟他们比试比试，让我看看你的武艺究竟如何，再来决定教不教你。"

年羹尧最喜欢打架了，一听是比试这个，就乐不可支，连声说好，立刻就去叫来了十六个年轻力壮的用人，让他们每人拿一根棍棒，自己也拿起一根棍棒，对老人说："老师你看着，我的力气大不大？"然后，他让十六个用人与他对打，不到三个回合，十六个人全被他打翻在地。

老人却捋捋胡须，不以为然地对他说："你的力气是蛮大的，只是你敢跟我比一比吗？"

年羹尧说："有什么不敢的？只是要是我打赢了，你可不要到外面说年家公子又打跑了一个老师。"

老人笑呵呵地说："你不必担心，先试试看吧。"

于是，两人摆开架势，比起武来。

年羹尧年少气盛，看准方位，就狠命一棒劈将过去。谁知道棍棒一打过去，老人却不见了！年羹尧一惊，失声叫道："老师，你在哪里？"

老人的声音却从他背后传了出来："我在这儿。"

年羹尧转身一看，嚯！不得了！老人正站在自己的背后，而自己竟完全没有觉察到！

他吓出了一身冷汗，心服口服，明白自己的老师确实本领高强，就急忙跪下磕头，连声说道："老师，这一次你一定要好好教我了。"

老人说："你喜欢玩耍，你就去玩个痛快吧，学这个有什么用？"

年羹尧跪着不肯起来，坚持说："老师，你一定要好好教我，这一回我一定认真学。"

老人问："你真的要下决心学啦？"

"是的，一定认真学。"

老人这才说："起来，起来，我教你就是了。"于是他从床头拿出一卷书来，交给年羹尧，对他说："你要学，就先读这本书。"

年羹尧说："我要学的是打架，读书有何用？"

老人说："打架，只能打败一个人；读了这本书，你就可以打败千万个人。"

年羹尧不相信："哪里有这种事情！老师该不是在骗我吧。这一卷纸，能有多少分量，我用一个脚指头就可以把它踢到几丈之外，它哪能打败千万个人呢？"

老人说："既然你不相信，就别学了。你还是到后花园去玩你的游戏去吧。"

通过这几个月和老师的接触，年羹尧对老师已经佩服得五体投地了，这一回自然不敢违抗，居然破天荒地接过书，老老实实地跟着老师读起书来。从此之后，年家书房里书声琅琅，附近的人家知道年家公子竟在读书了，都十分惊奇，对这位老师的本领越发敬佩起来。

就这样，老人一连教了三年。三年之后，老人对年羹尧的父亲说："你家公子学得差不多了，我也没啥可以再教给他了，明天我想告辞了。"

年羹尧的父亲感激万分，捧出一千两银子作为酬谢。老人坚辞不受，说道："贵公子将来是成大事业的人，真要谢我，一千两银子也太少了。我此番来府上，不是为了金银，只是因为我这一身本领无人可传，很是可惜，所以才不远千里，到府上执教。如今贵公子已经学到了我的本领，我的心愿已了，还要金银做啥？"说罢，他拱拱手，头也不回地走了。

【故事来源】

据《清朝野史大观·清人逸事》卷五译写。

书稿变白纸

好端端的一部写满了字的书稿，怎么会变成白纸呢？这就要说到清朝年间一部很有名的章回小说了，书名叫《野叟曝言》，一共二十卷，一百五十四回。全书一会儿谈经论史，一会儿教孝劝忠，一会儿运筹决策，一会儿讲道学，一会儿又说神怪，内容丰富，情节曲折，引人入胜。这部好书是谁写的呢？这里还有一段趣闻呢。

清朝康熙年间，江苏江阴出了个才子，姓缪，名字记不清了，就叫他缪某人吧。缪某人博学多才，风流倜傥，很有些自命不凡。谁知道命运偏偏跟他开了个不大不小的玩笑，他虽然才华出众，却次次考试都名落孙山，可以说是终身不得志。

据说，这个缪某人因为满腹牢骚无处发泄，就提起笔来写了这部《野叟曝言》，出一出心头这股闷气。书中的几个人物，比如文素臣就是写他自己，匡无外其实姓王（"匡"字没有外面的框不就是"王"字吗？），余双人其实姓徐（"余"字左边加个"双人"旁不正好是"徐"吗？），这王姓和徐姓两人本是他的好朋友，也都让他信手拈来，写进了书去。书中的情节本来就半真半假，再经过他妙笔生花，也就变成一个个热热闹闹的故事了。书写成之后，缪某人连读三遍，越读越得意，不禁有些自我陶醉。

正好那时候康熙皇帝南巡，地方上文武百官为了迎接圣驾，正闹得鸡犬不宁，街头巷尾谈论的也全是这事。缪某人忽然心里一动，一门心思地想在康熙帝驾临江阴的时候，托人把书呈送上去，心想：万一皇帝老头儿看了这部书，龙心大悦，拍案赞叹，说出一个"好"字来，那自己说不定就可以趁机飞黄腾达，尝尝做官的滋味了。于是，他把这部书认认真真地誊抄了一遍，装订成册，外面还特地用锦缎做了一个封皮，装帧显得格外精美。

却说缪某人自己一心做升官梦，另一边却有一个人在皱眉头。啥人？缪某人的女儿。原来他女儿也是个才女，不仅知书达理，颇通文墨，而且看问题比她父亲还要透彻得多。父亲的这部《野叟曝言》放在家里，她自然也是读过的，总觉得书中的议论和描写常有出格的地方，换句话说，就是不合时宜。放在家里，倒也无妨，要拿出去给别人看，恐怕就要防备万一了。现在一听说父亲要拿去给皇帝看，那怎么行？皇上看了这部书，不称赞倒也罢了，万一发起脾气来，岂不是弄巧成拙？

但是，缪某人的脾气十分倔强，他想做什么事，就非做不可，正是"不撞南墙不回头，不见黄河不死心"的典型代表。别说女儿拦不住，就是全家人都来劝，也是白搭。

那怎么办呢？最后，她终于想出了一条妙计。她先找到父亲的一个门生，把这件事的利害关系讲明，然后让这个门生帮忙，偷偷地用白纸照样装订成一部"书稿"，和父亲亲手誊写的书稿外表看起来一模一样，最后趁父亲不在的时候，来了个偷梁换柱，把真书稿换了出来，另外藏在一个秘密的地方。

缪某人对这一切毫不知情。等康熙皇帝到江阴的那天，他兴冲冲地从包袱里取出书稿，想再翻阅一下，确保没有什么差错后再托人去呈送。在翻开书稿的那一刹那,他震惊得愣住了:书稿里竟一个字也没有!这可非同小可。缪某人不禁失声痛哭起来,以为一定是自己有什么地方得罪了老天爷,老天爷才这么勃然大怒,把书稿里的文字全都收了回去。这可怎么办哪!

对这一切,女儿只当作不知道,反而问父亲究竟发生了什么。然后,她将错就错地跟父亲说起知心话来:"大概是书里有什么地方得罪了老天爷,惹得他不开心了,才会发生这种事。那么,我看这部书还是不要进呈的好。想来父亲也不是不知道,当今天子的性情甚多猜忌,而父亲书中的文字又都是兴之所至,难免会有不合适的地方,万一被皇帝误解,惹出了什么麻烦,岂不是更糟糕!近来各地的文字狱,父亲也时有所闻,真是令人触目惊心,防不胜防!读书人不求有功,但求无过,父亲还是小心谨慎为好。今天的事,依女儿看来,正应了古人的那句话——塞翁失马,焉知非福?你就不要再烦恼了吧。"

女儿的这番话说得天衣无缝,滴水不漏。缪某人思前想后,仔细琢磨,觉得女儿说得句句在理,心也就慢慢平静下来。再说,书稿已经变成了白纸,就算再抄一份,怎么也来不及了,原稿上又都是涂涂改改的痕迹,自然也无法进呈,这件事只能作罢了。

不过,好端端的一件事弄成这样,缪某人毕竟不甘心。每当想起这事,他的心里总是别别扭扭的,不是个滋味。

几年之后,缪某人去世了。他的女儿怀念父亲,觉得父亲这一辈子的心血就是完成了这部《野叟曝言》,做女儿的不应该就让它这么被湮没。于是,她又重新取出书稿来,仔细推敲,逐段润饰,凡是不妥帖的地方,她都小心翼翼地加以修改,然后又筹集了一大笔款子,把书稿刻印了出来。

据说,今天我们读到的《野叟曝言》就是他女儿整理过的。

【故事来源】

据蒋瑞藻《花朝生笔记》译写。一般认为,《野叟曝言》是江阴人夏敬渠所写。另据钱静方的《小说丛考》,《野叟曝言》是江阴夏君所写,在这个版本中,故事讲述的是:

康熙南巡,夏君将书装订成册,想去进呈。亲友劝阻,他不听。亲友又去劝他妻子,妻子偷偷将每一册都撕去四五页。献书前,夏君发现页数少了,妻子推说是小孩不懂事,撕去玩了。于是,他连夜补缀抄写,等到书稿补齐时,康熙已走了。

这个版本的说法与本文有所不同。但类似的传说在当时十分流行。

惠因寺失珠

杭州西湖赤山埠一带的惠因寺，历史悠久，闻名遐迩。北宋年间，此寺被称为高丽寺；明朝万历年间，织造太监孙隆捐款，该寺被重修过一次；到了清朝，这座古刹已变得荒凉起来。

清朝雍正年间，惠因寺忽然来了个大施主，前呼后拥，气度不凡。当家和尚一见是位财神爷，顿时眉开眼笑，十分殷勤地陪着他一路观赏。说也奇怪，此人每到一处，总是露出十分惊讶的神色，然后频频点头。当家和尚弄不懂了，就问是何缘故。

此人说："敝人姓袁，江南六合人，原任滇南司马，为了赡养老母，告假在家。上个月忽然做了个梦，梦中韦驮菩萨陪我游西湖，来到一座看起来很是破败的古刹。菩萨说，我要是能修复此刹，就功德无量，将来功名富贵也不可估量。所以我就特地来到杭州，遍游灵隐、天竺、昭庆几大寺院，却一个也不像。今天来到宝刹，此情此景竟跟梦中所见一模一样，你说怪不怪？"

和尚一听，喜出望外。他这几天正愁惠因寺日子难过，想去投奔天竺寺，现在见这位袁老爷自愿上门修寺，当然再好不过了。所以，他连忙喋喋不休地说起惠因寺当年如何风光，希望袁老爷能慷慨解囊，为修复古刹捐一笔钱。

袁老爷笑笑，轻描淡写地说："捐钱是理所当然的事。只是此番来得匆忙,身边银子不多,让我先回去,下次带来再说吧。"这时,他身旁一个随从插嘴说:"老爷来回跋涉,也太劳累,倒不如先到海宁张老爷那里去挪借一千两银子,先行开工,然后让我回家一趟,把银子运来,岂不方便?"原来,海宁县令张老爷也是六合人,所以那随从才有这个建议。袁老爷听后却摇摇头说:"我早想到这招棋了,只是此人气量狭窄,我才不愿向他借钱呢。"当家和尚一听,连忙在旁边怂恿袁老爷不要回去,先在寺里住下,以便就近商议修寺大事。袁老爷见和尚这般热心,也就勉强答应了下来。

　　于是,袁老爷吩咐仆从去寓所搬行李。行李全是一只只沉甸甸的大箱子,拿出来的铺盖被褥和日常器皿样样都很豪华。袁老爷一出手,就交给当家和尚两只大元宝,说是权作膳宿费用。当家和尚从来也没见过这么大的元宝,刹那间骨头就轻得没有四两重了,私下里又拉着一个仆从,向他打听起他家主人的家世。那仆从说:"我家老爷原是扬州有名的盐商,光当铺就开了二十七家,至于田地庄院,那就更是多得没法数了。他哪里在乎给你修寺院的这些钱!那还不是牦牛身上拔根毛——小事一桩嘛。"听完这番话,和尚的嘴巴张得老大,好半天都合不拢。从此之后,他对袁老爷就侍候得更加周到了。

　　袁老爷一面修书,派人往海宁去借银子,一面请工匠来估价。一算下来,修缮寺院大约要六千两银子。袁老爷一挥手,大大咧咧地说:"我还以为起码要一两万两呢,才六千,这还不好办!"几天后,去海宁的随从回来了,说是张老爷正在经办修海塘的工程,手头很紧,勉强凑出了五百两,现在已经随身带来了。倘若还要,只好让他慢慢再想办法。"袁老爷眉头一皱,悻悻地说:"果然不出我所料,真是个小气鬼,还怕我借了不还吗?笑话!"他一边说,一边就把这五百两银子当场交给了当家和尚,说道:"我们也不能老是等在这里,你要抓紧备料,早日动工,我马上派人回家去搬银子来。钱的事包在我身上了,你尽管放开手脚去做,越快越好。"

和尚接过银子,心里甜得好比打翻了蜜糖罐。他当即请来了大批工匠,搭起脚手架,先从大殿修起。袁老爷也兴致勃勃,每天亲临指挥。

就在大殿修复即将完工的时候,袁老爷又对和尚说:"你看殿上的佛像菩萨,由于年代久远,都已黯然失色。我想趁此机会,给它重新贴一遍金,让这大殿内外焕然一新,岂不更好!"和尚一听,正中下怀,连声说"好!",便打算再到城里请几位装塑工匠来给佛像贴金。这时,边上一个随从说:"小人的表哥一向擅长装塑佛像,现正在湖州铁佛寺包工,不如叫他来做吧,自家人也好商量。"袁老爷听后,一口答应,就让那人去催。

不过几天,装塑匠带了五六个助手来了。一估算,大殿里的三世如来、文殊、普贤、十八罗汉、二十诸天等一应菩萨,如果都满身贴金的话,需要两千两银子。袁老爷只肯付一千八百两银子并要他们承包,他们不答应,双方开始讨价还价。当家和尚说:"佛像上原先的旧金刮下来,不也值好多银子吗?全贴给你们好了。"这么一说,对方才答应下来。袁老爷满意地对和尚说:"不错,只花了我八千两银子,就还了一个心愿。值得,值得。"

这天,工匠们正在大殿里装塑佛像,忽然从门外跑进一个人,气喘吁吁地对袁老爷说:"不好了,太夫人忽然中风,家里催老爷火速赶回。"袁老爷一听,顿时六神无主,一迭声地吩咐随从打点行装，又继续问道："我派阿三回六合去取银子了，你怎么不跟他一起来？"此人说："家中得到老爷的书信，不敢怠慢，从永昌当铺先发纹银五千两，派阿三跟标船护送到杭州来。其余的银子，又派刘先生到南京元昌当铺去提，随后押来。阿三临走时，太夫人还没发病呢。小人报信心急走的是旱路，日夜兼程，所以赶在他们前面了。照路程计算，标船今天也该到无锡了吧。"袁老爷一听，这才松了一口气，回头对当家和尚说："我本想等完工之后再走的，哪知道天不从人愿，老母患病，做儿子的理当赶回去。现在只好留下两名得力家人在这里照料，等老母病愈，我一定马上赶来。标船的银子，日内就会送到，除掉还海宁的五百两，其余的全归你支配。还缺的一个零头，不是我自己带来，就是派人专程送来。总之，你尽管放心就是。"说罢，他又当场修书一封，交给留下的家人，叮嘱届时跑一趟海宁，归还银子，以免失信。他一面说着，一面急匆匆地上了路。当初带来的那几只大箱子，全都留在了寺内，一只也没带走。

却说袁老爷走后，留下的家人伸长了脖子等家里送银子来，却一直不见影子。一天，装塑匠来讨工钱，双方都在火头上，一阵争吵后，装塑匠对当家和尚说："工钱还没送到，我们也不能在这里白干，打算先到别个寺院去挣点钱。等你们银子到了，再来干也不迟。"当家和尚要拦，可哪里拦得住。这伙人打点打点包裹，一窝蜂地走了。

第二天，那两个家人说在寺里闷得慌，要到城里去走走。谁知道一直到天黑，也不见他们回来。起初，和尚还没放在心上，可是一连几天，仍然不见他们的踪影，这才心慌起来。他闯进袁老爷住的厢房，只见四壁空空，打开地上摆着的几只大箱子一看，里面竟全是砖头！

这时，当家和尚还不相信袁老爷会是个骗子，心想："他一出手就是两只大元宝，再加上从海宁借来的五百两银子，这总是真的吧。如果他是骗子，他图的又是什么呢？想来想去，估计是他手下的家人在捣鬼，席卷财物而逃。"于是，和尚就派了一个亲信到六合去寻访。谁知道，到了六合一打听，结果又是让人大吃一惊。原来六合确实有个姓袁的人，在滇南当司马，不过此人一直在滇南做官，好几年没回来了，而且他的父母早已过世，家境也很清贫。亲信回来一说，当家和尚吓得目瞪口呆，怎么也弄不明白这到底是怎么回事。再仔细一算，修大殿已经耗去了一千两银子，除掉已经付出的五百两银子外，砖瓦木料和工钱一共足足欠了五百多两！不久，工匠都到惠因寺里来讨债了，当家和尚急得团团转，只好变卖庙产来还债。

讨债的一走，和尚想到大殿里的佛像都还没装金，但原先的装塑匠已经找不到了，只好另请本地的工匠来完工。本地的工匠很有经验，进大殿四周一看，就发现了问题。原来，当年织造太监孙隆重修惠因寺，是为郑贵妃祈福，所以大殿里大大小小五十多尊佛像，不但全部贴了金，而且每尊佛像的额头上还嵌了一颗宝珠。工匠还说，三世如来额上的猫眼儿是价值连城的稀世珍宝，只因为年代久远，佛像上积满了尘垢，所以很少有人知道。当家和尚在这里当了三十年的家，竟对此一无所知！现在仔细一看，这批佛顶珠全都没有了。

到这时，当家和尚才总算弄明白，那个所谓的袁老爷竟是个十足的江湖骗子！而那几个仆从和一伙装塑匠，也全是他的同伙！他们不知从哪儿得知了这个秘密，就精心策划了这么一个骗局，在光天化日之下从容不迫地盗走了这批佛顶珠，估计价值不下两万多两银子，手段实在高明。

大家正在议论时，本地工匠在文殊菩萨的额头上发现还有一颗宝珠没有被挖走，就连忙爬上去挖出了这颗宝珠。宝珠背后还粘着一张字条，上面写着这么一行字："留下宝珠一颗，用以装修殿中诸佛，绰绰有余。"工匠把宝珠交到当家和尚手里，和尚一看，宝珠足有龙眼那么大！用水一洗，顿时光芒四射！和尚把宝珠送进城里珠宝行，果然换回来一千两银子。当家和尚就用这笔银子为佛像贴了金，并且把大殿装修完工。

这件事太丢人现眼，所以当家和尚再三叮咛，不许把这事说出去。不过，毕竟纸包不住火，不到三个月，这事就传遍了杭州城，成为人们茶余饭后的谈资笑料啦。

【故事来源】

据清朝徐承烈《听雨轩笔记》卷三译写。

郑板桥受骗

清朝乾隆年间，江南出了个著名文人郑板桥，他写得一手好字，书法兼有钟繇(yáo)、米芾等人的风格，他的画也很出色，有青藤老人徐文长挥洒雅致的气派。

郑板桥在还是秀才的时候，曾三次到扬州出售自己的字画，但没人识货，一张也卖不掉，他因此穷困潦倒，十分狼狈。后来，他考上了举人，接着又高中进士，有人竞相捧场，声名从此大震。郑板桥再到扬州时，满城都轰动了，向他索买字画的人络绎不绝，挤满了屋子。郑板桥是穷人出身，看透了世态炎凉，见这么多人来吹捧他，一点也不动心，心想："这些人中间有几个是真正赏识我的才艺呢？无非是慕我的虚名，假斯文，赶时髦罢了。"所以，他十分自重，不肯轻易为别人写字作画，同时把字画的价格定得很高，对方不拿出一大笔钱来，他不出售字画。他还让沈凡民替他刻了枚印章，上面刻了"二十年前旧板桥"这几个字，以表示他心中的不平。

当时，江西龙虎山道人张真人到京城朝见皇帝，回来的时候路过扬州。当地的商人相信道教，都想巴结张真人，就商量着请郑板桥写一副对联送给他。他们特地从江西定制了一张特大的宣纸，长一丈多，宽六尺多，总共只定做一张，所以纸的身价也就

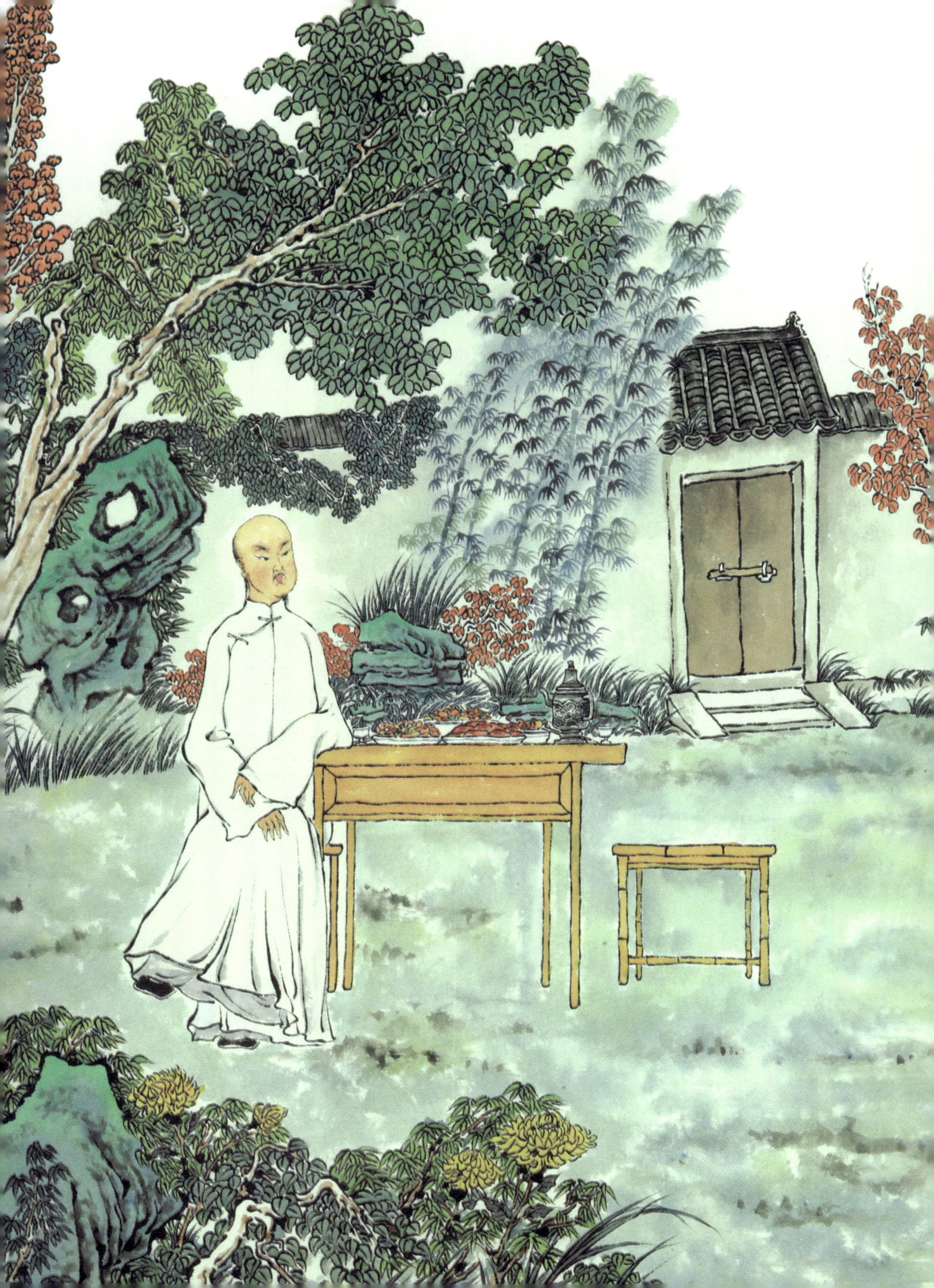

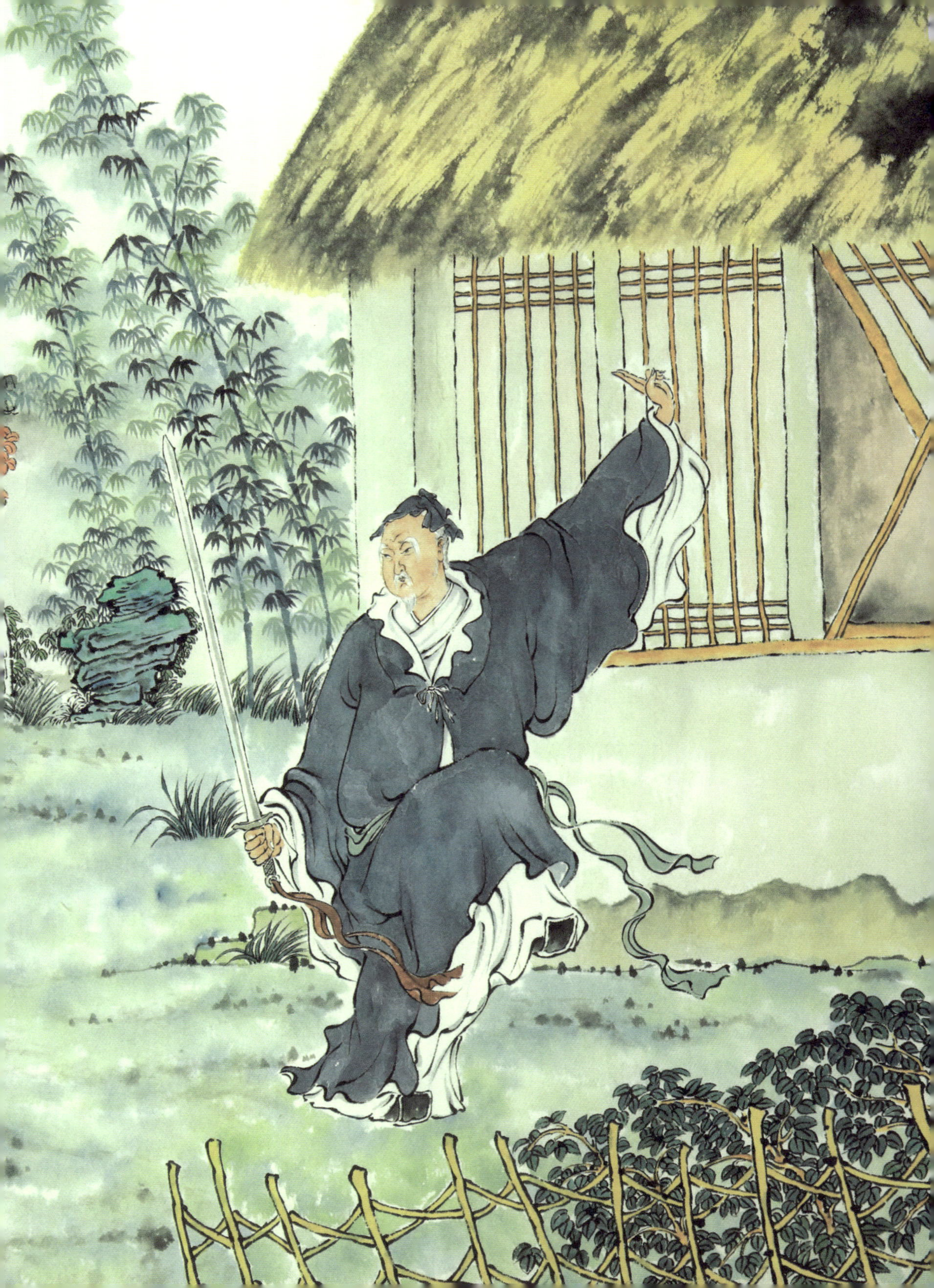

显得格外高了。然后请人去说好话，婉转地请求郑板桥写字，并请他构思对联的字句。他们问郑板桥要多少钱，郑板桥说："一千两银子。"

去请他写对联的人嫌贵，只肯给五百两银子。郑板桥笑笑，答应了，提起笔就在大号宣纸上题了一句上联"龙虎山中真宰相"。

那人请他接着写下联，郑板桥却搁下了毛笔，笑嘻嘻地说："我早就言明在先，一副对联一千两银子。你只肯给五百两，我也只好给你一半了。我的字画又不是萝卜青菜，不好讨价还价。"

那人讨了个没趣，只好回去和商人们商量。商人们舍不得拿出这么多的银子来，可又没有办法，宣纸总共只定制了一张，一半写上了，另外一半就算请人写，也配不齐。再想想，都已经拿出来五百两了，要是不写下一半，连这五百两也白白浪费了。左思右想，都很为难，他们咬咬牙，只好再凑出五百两银子送去。郑板桥收下银子后，提笔写下了下联"麒麟阁上活神仙"。这副对联送出去，果然人人都赞叹不已，都说笔法精湛，词意高超，难得，难得！

当时朝廷的一些大官都很器重郑板桥的字画，扬州一班商人也都跟着附庸风雅起来，一个个争先恐后地请郑板桥写字作画，无论是对联、横幅、条幅，还是扇面和斗方，他们都愿意不惜重金，只要有一张，就引以为荣，到处吹嘘。不少商人都弄到了郑板桥的字画，唯独商人某甲弄不到。

某甲是个暴发户，为人贪得无厌，奸诈狡猾，名声很臭。郑板桥对他很是厌恶。所以，尽管他肯拿出一大笔银子来，郑板桥却毫不动心，发誓不给他字画。某甲看看自己的厅堂里，样样东西都有，就是没有郑板桥的墨宝，心里总觉得很不是滋味。他动了不少脑筋，想了许多计策，还是得不到，因此一直耿耿于怀，不肯罢休。

一天，郑板桥带了个书童，背了个放诗文的袋子，信步出了扬州东城门，一路走去，渐渐来到人迹稀少的荒野。在乱坟堆的后面，他隐隐约约地看见一只屋角，空中飘过了几缕炊烟。

郑板桥笑着说："难道有人在这里隐居吗？"说着，他就往那边走去，很想过去看个明白。

翻过一个小山坡后，乱坟越来越多，路也越来越窄，再往前走，果然有一个小小的村居。几间茅屋造得很是精致清雅，四面没有邻居，也没有围墙，门前流过一条小溪，溪上有一座小石桥，跨过小石桥，就到了门口。门板上贴着一副对联"逃出刘伶禅外住，喜向苏髯腹内居"，横额是"怪叟行窝"。郑板桥想，这家主人以刘伶、苏轼自喻，脾气古怪，倒和我有点差不多，去拜访拜访吧。推门进去，过了一个小院子，又见一扇门。门上的对联是"月白风清，此处更容谁卜宅；磷阴焰聚，平生喜与鬼为邻"，横额是"富儿绝迹"。

进门后，便见檐下挂着鸟笼，盆里养着金鱼，花卉和药草交相掩映，芭蕉和杨柳绿荫丛丛。朝南方向有两间书房，干干净净，一尘不染。书房里有一张茶几、一张书桌、四把椅子、两张小矮凳，木榻、藤枕、书橱各一个，瑶琴、宝剑、竹书架各一件，书桌上笔砚纸墨、乌丝尺、贮水的小盂等一一俱备。当中的墙上挂着青藤老人徐文长的《补天图》，画里的女娲氏头上打着螺髻，露出高高的额角，仰望着旁边的炉鼎，炉鼎里正飘出一股袅袅烟气。这幅画生气勃发，栩栩如生，的的确确是青藤老人的真迹。两边的墙壁刷得雪白，却一张字画也没有挂，很是素净。

郑板桥浏览一番之后，对这个地方实在太喜爱了，也不管主人是谁，就在木榻上一屁股坐了下去。

这时，一个剃光头的小童从屋里出来，朝郑板桥他们看了半天，又走回屋里，大声喊道："有客！"只听见主人在里面说话，让小童把客人赶走。郑板桥的书童把主人郑板桥的名字告诉了小童，请他再去通报。隔了好久，才见主人出来。

主人是个老头儿，戴着东坡头巾，披着王恭的鹤氅（chǎng）裘，束着一根羊叔子的绶带，穿着白香山那种飞云履，手执拂尘，慢慢地踱了过来。和郑板桥打过招呼，寒暄几句后，两人觉得很是投机。

郑板桥向老人请教姓名，老人说："老夫姓甄，西川人，早年漂泊到此，就在山中定居了下来，别人都嫌我脾气古怪，给我起了个外号'怪叟'。"郑板桥又问："门上'富儿绝迹'四个字，又是什么意思呢？"

"只为扬州的富家公子，近来也附庸风雅起来。他们听说老夫家中有些花草，都争着来窥看。不过，这伙人满身都是金银气味，一到穷乡僻壤，总是凶多吉少，有的失足掉进溪沟，有的被花刺勾破了衣裳，有的被我家看门狗咬伤了脚后跟，有的又被树梢落下的鸟粪玷污了漂亮的脸庞。还有更奇怪的事情，一天一个富家公子刚刚坐定，屋梁上老鼠窝里的两只老鼠打架，一块碎瓦片掉下来，正好砸在他的额头上，鲜血直流，最后他只好狼狈不堪地走了。他们从此相约，再也不敢到我家来了。这倒好，正合我的心愿。'富儿绝迹'四个字，记的就是这些事。先生如果是清贫之人，倒也罢了，如果是富翁，这里恐怕对你也很不利。"

郑板桥听了老人的话，很是感慨，高兴地说："我生平也最恨这种人了，幸亏我的命好，没有成为富翁，今天能安安稳稳地进入你的书斋，聆听雅教，实在太高兴了。"

不一会儿，小童送上一杯清茶，老人兴致勃勃地为客人弹奏起瑶琴来，曲调古朴高雅，也不知道是什么乐曲。

老人问："先生喜欢饮酒吗？"

郑板桥说："喜欢。"

老人说："可惜离集市远，一时弄不到丰盛的饭菜，这可怎么好？"接着，又自言自语地说："锅里的狗肉已经煮得很酥了，不过这种东西，怎么可以拿出来款待贵宾呢？"

谁知道郑板桥平日里最喜欢吃狗肉了，听说有狗肉吃，早已垂涎三尺，连忙说："哎哟，太好了。我最喜欢吃狗肉，巴不得每条狗都生八只脚呢。"

老人一听，也笑了，说声"好"，就在花园里摆开酒席，两个人一边吃狗肉，一边喝起酒来。除了狗肉之外，还有野味蔬菜，也都别具风味。老人喝醉了，拔出了宝剑，舞将起来，但见剑光闪闪，眼花缭乱，也不知是什么剑法，只觉得他的舞姿顿挫屈蟠，很有功底，不输当年公孙大娘弟子。但见白色光影一团时，忽听老人大喝一声，跃出圈外，收剑入鞘，重新入座，呼吸平稳，面不改色。郑板桥肃然起敬，站起来向老人敬酒，说道："老翁不愧为高士，了不起！请饮这一杯酒。真是相见恨晚哪。"

看看太阳快要落山了，郑板桥依依不舍地告辞出来。老人殷勤地送过门外的小石桥，对他说："我们两人，都是世上不合时宜的人，倒也谈得拢。如有空，就来这里玩玩。"

郑板桥说："我是不速之客，以后总还要来的。"

从此以后，郑板桥经常去拜访那个老人，两人高谈阔论，不知疲倦，不过，他们就是不谈论书画。

一天，郑板桥忍不住了，对老人说："你可知道我善于书画？"

"不知道。"

"说起书画来，我是沉迷多年，也算是悟出了些道理，掌握了些要领。近来，那些达官贵人都嗜好书画，争着来索取我的作品，往往得不到。我看你的墙壁上还空空如也，何不拿出白纸来，让我献献丑，也算是对你这个东道主的酬答吧。"

老人很高兴地说："好啊，你还是再喝一杯吧。我去唤童儿为你磨墨。说起来，好纸是藏了多年了，实在因为没有遇见像先生这样的高手，所以宁愿让墙壁白白地空着。今天得遇先生，怎么能失之交臂呢？"

郑板桥拂拂衣袖，站起身来一看，书房里早已备齐笔墨纸砚，他当即提笔疾书，顷刻之间就写成十多个条幅，然后一一落款。

老人说："小泉，是我的字，请你在落款时也题上吧。"

郑板桥觉得有些奇怪，问道："你是个高雅的文人，怎么会跟那个奸商某甲同号呢？"

老人毫不在意地说："咳，这只是碰巧相同罢了。当初鲁国就有两个曾参，可那又有什么要紧？自有清浊之分嘛。"

郑板桥觉得也有道理，也就不再问下去，在每张字上都题上了"小泉"两字，送给了老人。

老人一本正经地说："先生的墨宝非同寻常，敝舍从此将蓬荜生辉，太感谢了。但千万不能随便送给商人，这些人浅薄得很，分不出字画的高下，只能徒然玷污了先生的清名。"

郑板桥觉得老人的话很中肯，句句入耳，兴致就更浓了，又坐下来痛痛快快地喝了几杯，等到回家时，已经是二更时分了。

郑板桥的朋友们问他，近来到哪里去了。郑板桥得意地把"怪叟"老人夸赞了一番，说他如何清高，如何多才，实在是难得的知己。朋友们却很纳闷，都说："扬州向来没有听说过这个人，你遇见的难道是妖精么？而且那个地方荆棘丛生，乱坟成堆，从来没有人居住，怕是靠不住吧？明天我们一起去拜访他，看看到底是怎么回事。"

第二天一早，郑板桥陪着朋友们一起进山。可到了那里，竟连茅屋也没有了，满地只是吃剩的果核残骨。郑板桥大惊失色，还以为真的遇见鬼了。后来仔细一想，终于恍然大悟，长叹一声："这个奸商真是太狡猾了，竟学起当年萧翼到辨才和尚那里骗取《兰亭集序》真迹的故事，这次来骗取我的字画了。"

回到家里，他派人偷偷地到商人某甲家里去探听。某甲家里满壁挂着郑板桥写的条幅，墨迹都还没干呢。

【故事来源】

据清朝宣鼎《夜雨秋灯录》卷一译写。

袁枚受窘

清朝乾隆年间，浙江钱塘（今杭州）出了个大诗人，名叫袁枚。他宣称"六经"尽是糟粕，主张诗歌要抒写性情，创立了"性灵说"，是个名闻遐迩的江南才子。不过，有时他也不免有些过于骄傲，目中无人。

有一次，袁府大门口来了个外地人，不肯通报姓名，却一定要见袁枚，说是以文会友，要向袁枚请教。门卫进去禀报，袁枚心想："哪里来的无名小卒？居然到这里来纠缠不休，我可没有这种闲工夫。"便让门卫出去挡驾，说是主人有事，不见客。

那个外地人也怪，被挡一次就来两次，被挡两次就来第三次，表示非要见袁枚不可。这样一来，袁枚也有些疑惑起来，就对门卫说："这个人如果明天再登门，你就问他，到底有什么事？或者让他把要问的问题写在纸上。"

第二天，那个外地人果然又来了，还是指名要见袁枚。门卫问他有什么事，他不肯说，只是笑容可掬地对门卫说："这种事，说给你听，你也听不懂。"门卫又拿出纸和笔，让他写下来。那人不紧不慢地从袖筒里抽出一个本子来，交给门卫，对他说："都在这里面了，请你务必交给你家主人，我三天后定来取。"说罢，便扬长而去。

门卫把这个本子交给袁枚，袁枚打开一看，不觉愣住了，里面列了一百二十个问题，都是些稀奇古怪、前所未闻的掌故，十之八九从来没有碰到过，更不知道怎么回答了。

这天夜里，袁枚一个人在庭院里徘徊，冥思苦想，一直熬到天亮，才勉强回答出了二十条。

第二天一早，袁枚就去找他的老师尹继善。尹继善才思敏捷，知识渊博，曾经是文华殿大学士兼军机大臣。谁知他看后，竟也连连摇头，无法回答。于是，他写了许多请柬，把翰林院里的翰林都请进他的官府。大家集思广益，一起来回答，总算又回答出了三十条。

现在只有一条路了，那就是赶紧去查《古今图书集成》。这是一部分类十分详尽、内容又极其丰富的大型类书，共一万卷。大家一齐动手，连夜翻阅查检，终于又查出了五十条。三天的期限眼看就到了，还剩下二十条，却再也没有办法回答了。

第三天，那个外地人又来到袁枚家的大门口。因为只回答出了其中的一百个问题，袁枚觉得没脸见他，还是让门卫转达。外地人从门卫手中接过本子一看，不觉莞尔一笑，颇带讽刺地说："想不到赫赫有名的大文人，也不过如此！"说罢，向门卫要过毛笔，就在这个本子上把袁枚答不出的二十个问题一一写上了答案。只见他落笔如飞，不假思索，不一会儿就写完了，写完之后，把笔一搁，说一声"再会"，就头也不回地朝外走去。

门卫赶紧把这个本子送进去给袁枚。袁枚一看，果然回答得头头是道，条理也十分清晰，再看那人的毛笔字，很是苍劲古朴，根本不像时下流行的字体。

袁枚把这个本子拿去给老师尹继善看，尹继善也连连称赞，但又觉得奇怪，如此有学问的人，怎么自己从来没有听说过呢？袁枚又去问门卫，那个外地人到底是什么模样。门卫详细地回答后，继续说："听他的口音，好像是山东人。"

于是他们又去找山东籍的同僚，细细打听此人，最后终于弄明白了，原来那人是孔夫子的后代，学问很深，光一部《古今图书集成》就前后读了七遍。可是他却一直在家里做学问，不愿出来做官，也不愿意向别人宣扬自己的才华，因而一直默默无闻。

这件事给袁枚的教训很深，翰林院里的那些翰林们也感触很深。从此，他们再也不敢狂妄自大，目中无人了。

【故事来源】

据《清稗类钞》第八册"文学类"译写。

盲人复仇

说起来，盲人是很可怜的，什么也看不见，常常只能受人欺侮，却毫无招架的能力。不过，是不是每位盲人都任人宰割呢？那倒也未必。

据说，当年在卫河边上，就有这么一个盲人，看起来不过三十来岁，长得不高大，瘦骨嶙峋的，常常拄了根木棍，独自在卫河边上走来走去。谁也不知道他姓啥叫啥，从哪里来，要到哪里去。很怪的是，只要听得有什么船只停泊在河边，他就会哆哆嗦嗦地摸过去，向船老大打听："请问，你们船上可有个叫殷桐的人吗？夏殷的殷，梧桐树的桐，单名就叫殷桐。请问，有这个人吗？"

每次去问，别人的回答总是"没有这个人，快走吧！"。尽管如此，他并不灰心，不论是刮风下雨，还是烈日炎炎，他仍旧拄着木棍，艰难地走在卫河边上，逢船就打听，一天也不间歇。

有人曾经跟他一起在一个小客栈里过夜，说这个盲人真是怪极了，连半夜里说梦话，也总在唠叨着"殷桐"。他为什么要找殷桐？殷桐是他什么人？问他，他不肯说。有人问他自己叫什么名字，他却每过十来天就会换一个名字。再问他是哪里人，他更是含含糊糊，叫人始终捉摸不透。

就这样，这个盲人在卫河边上找殷桐，一找找了十多年，卫河边上几乎人人都认得他了。所以，每当他哆哆嗦嗦地准备开口问人的时候，人们就大声对他说："这儿没有什么殷桐，你别找了，走吧走吧！"盲人也不生气，又哆哆嗦嗦地继续走他的路，可一遇到停泊的船只，他还是会问。

有一天，又来了一艘很大的运粮船，停泊在卫河边上。那盲人还是老规矩，拄着木棍，一步一步摸索到船边，开口就说："请问，这儿可有个叫殷桐的吗？夏殷的殷，梧桐树的桐，叫殷桐……"

话音刚落，船舱里走出一个人来。此人长得五大三粗，十分魁伟，凸着肚子，大摇大摆上了岸，把袖子朝上一捋，鼻孔朝天，盛气凌人地说："嗬哈！我以为是哪个小子找我？原来是你呀！你这个浑蛋，怎么还没死？瞎了双眼，还想怎么样？老实告诉你，殷桐现在就站在你跟前，看你能动我一根手指头？！"

那盲人听清楚了殷桐的声音，浑身发抖，刹那间竟变成一头咆哮的老虎，"哇——"的一声嘶叫，一个箭步冲过去，一双瘦骨嶙峋的手紧紧地扣住殷桐的头颈，一面拼命用嘴去咬，直咬得殷桐鲜血直流。

旁边的人毫无思想准备，哪里会想到那盲人竟会有这般举动，眼看要出人命了，这才清醒过来，赶紧上前劝解。大家你拉我扯，七手八脚地想把两人拉开。谁知那盲人却死命地扣住殷桐，谁也休想拉开。

殷桐拼命挣扎，终于腾出一只手来，用拳头捶打盲人的腰部。这么一个彪形大汉，拳头自然厉害，"砰砰砰"几下，就把盲人的骨头打断了。可那盲人就是死活不松手。

扭来打去，两个人都滚到了地上，再经过一番折腾，又都掉进了卫河。汹涌的河水呼啸而来，顷刻之间就把他们冲得无影无踪。边上的人一个个惊得目瞪口呆，都说一辈子也没见过这种场面。

后来，有人在天妃宫的前面发现了盲人和殷桐的尸体。一看，真是不得了！殷桐已经把盲人左边一排肋骨全打断了，而盲人居然还是紧紧地扣着他，没有松手。这需要多大的毅力呀！盲人的十个手指，就像是十枚粗粗的铁钉，一个个都抠进了殷桐的肩背之间，每个手指都抠出了一个洞，每个洞都差不多有一寸多深。这仇恨究竟有多深？！

过了好久，卫河边上的人也没弄明白他们之间结的是什么冤仇。后来有一位老人说出了缘由。据说，殷桐是盲人家乡的一个恶棍，强横霸道，无恶不作。盲人一家全被他害死了，孤零零地只剩下他一个。殷桐满以为这个盲人弱不禁风，自顾不暇，不会有什么后患了，谁知道却还是遭到了报复。再说这个盲人，也确实有恒心。他明知自己势孤力单、双目失明，想要复仇，是比登天还要难，但他却不灰心，十几年如一日，一直坚持在卫河边上寻找他的仇人。一旦找到了仇人，他就拼着命去搏斗，终于实现了复仇的心愿。

【故事来源】

据清朝纪晓岚《阅微草堂笔记》卷十八译写。

真假包龙图

包公是宋朝的清官,做过龙图阁大学士,人称包龙图。他刚正不阿,执法严明,断案如神,深受老百姓的爱戴。到了清朝年间,民间还流传着许多跟包龙图有关的故事呢。

清朝时候,浙江嘉兴有个姓宋的人,在仙游县(今属浙江)做县令。这个人十分聪明能干,办起案子来一向果断。自上任以来,办的几起案子都是非分明,干脆利落,百姓交口称赞。他也扬扬自得,常常自称是"包老"。他的手下为了拍他马屁,索性叫他"包龙图再世",他听了就越发高兴了。

却说仙游乡某个村子里,有一个姓王的监生,年轻英俊,风流倜傥,和他家一个佃户的妻子有了奸情。两人一商量,觉得这个佃户每天在家里走进走出,有点碍手碍脚,两人的关系万一被他发觉,那可就麻烦了。怎么办呢?七想八想,两人想出了一个歪点子。他们先花钱买通算命先生,然后怂恿那佃户去算命,算命先生吓唬他,说他这个人命不好,在家乡流年不利,唯一的办法就是远游他方,避开灾星,才能太平无事。那佃户果然上了当,忧心忡忡地去找王监生商量,把算命先生的话一五一十地说了一遍,求王监生帮忙。这真是正中下怀啊,王监生假惺惺地说:"这事好办。你不要急,我借给你五十两银子,你先到四川做个小本生意,等避过了灾星再回来。家中的事你也不必牵挂,我总会替你照应的,尽管放心。"王监生连骗带哄,把佃户送出了门。

那佃户去往四川,一走就是三年,没有回来一趟。佃户一走,王监生就三天两头朝他家里跑,跟他妻子打得火热。这一下,流言蜚语在村子里就传开了,大伙儿都觉得这里面有蹊跷,佃户的事估计与王监生有关。有人说:"看起来,那佃户大概被王监生害死啦!"不过,这种事人命关天,谁也不敢肯定,又拿不到真凭实据,只能是说说而已。

这事一传两传,终于传到宋县令的耳朵里。他想:"我是包龙图再世,就该为民除害,为民申冤。仙游县境里出了这么一件事,我怎能不管?"于是,他有心要去查访查访。

说来也巧,这天,宋县令到王监生的这个村子查访,他的轿子前面忽然刮起了一股旋风,他吩咐停下轿子,叫差役查一查。差役一查,旋风是从一口枯井里刮出来的。于是,县令派人去掏井。这一掏,掏上来一具男尸,早已腐烂不堪,认不出面目了。

宋县令一拍大腿,大声说道:"这不是那个佃户,又会是谁?他失踪已有三年,也就是被害三年!尸体被扔在这口枯井之中,自然早已腐烂不堪,难道还会有错!"于是他当场下令,把王监生和佃户的妻子一起抓起来,带回县衙,严刑伺候。他们哪里受得了大刑,几天下来,早已皮开肉绽,只求早点死了算啦,于是异口同声地承认,是"双方通奸,谋害佃户"。

案子既然审清了,官府当即上报,上头批复下来后,奸夫奸妇就地正法。仙游的百姓知道后,个个拍手称快,都说这个县令是包龙图再世,从此以后就都叫他"宋龙图"了。

大伙儿后来一想,当年包龙图审案子,也出现过"落帽风*",

落帽风
为《狸猫换太子》的一个选段,描述的是宋初皇宫谜案的一出包公戏。包公某日外出巡察,突然,一阵怪风吹落了他的乌纱帽,包公发话要抓落帽风。纱帽随着怪风滚动,一直滚到了一座破窑门前。窑中住着一位双目失明的老妇,听说来的是包青天,她悲切地叫了一声:"包卿!"经过细问,才知她就是当朝天子宋仁宗的亲生母亲。

后人都把它编成了戏文,如今这个宋龙图不比他差,也是因为轿前一股旋风的机缘,把案子审清楚了。好!这件事也可以编成戏文!于是就有人动手把这个案子写成了戏文,让戏班子挨村挨户地演出。

又过了一年,那个佃户竟从四川回来了。一进城,听人家说城隍庙在演戏,他就去看戏了。起初,台上在演王监生,这人他认识的;再一看,不对了,怎么妻子也上台了呢?越往下看,越觉得不对劲,看到后来才知道,他的妻子已经死了!于是他在戏台下面大哭起来。

边上的人觉得奇怪,围上去一问,原来他就是戏里演的那个佃户。喔,他没有死。这么说,王监生和他妻子都是被冤死的了!大伙儿劝佃户去告状,他当即奔赴杭州,告到臬(niè)司*衙门。

臬司大人接了状纸,仔细一查,果然如此,便下令将这个姓宋的县令撤职查办。

消息传开后,仙游的百姓议论纷纷,都说做官的也不容易,要做个包龙图就更不容易啦!不几天,街头巷尾就传开了一首民谣:

瞎说奸夫害本夫,真龙图变假龙图;
寄言人世司民者,莫恃官清胆气粗。

臬司
在宋元明清时,臬司主管一省司法,主要负责刑狱诉讼事务,对地方官也有监察之责,也称廉访使或按察使。

【故事来源】

据清朝袁枚《子不语》卷九译写。

空空儿挂珠

清朝乾隆年间，两江总督黄太保是个赫赫有名的大人物，管辖着今天江西、江苏、安徽三省的地盘，常常是前呼后拥，好不威风。

这天，他带领大队人马巡视到镇江，官船停泊在京口。清早醒来，忽然发现一直戴在脖子上的一串佛珠居然不翼而飞了！这一惊，他吓得直冒冷汗，心跳不已。一则，这串佛珠是乾隆皇帝亲手恩赐的，丢了不好交代；二则，戴在脖子上的东西都被偷了，岂不是说明自己的性命太危险了！谁知道下一步还会出什么岔子呢？黄太保不敢怠慢，当即传令镇江府所属各县，严加勘查，务必在一个月之内将佛珠原物追回。

总督大人一声令下，忙坏了各地的官员。这盗贼居然能神不知鬼不觉地从总督大人脖子上取走佛珠，当然不是什么等闲之辈，一般的衙役捕快，哪里会是他的对手？所以一时间，人心惶惶，鸡犬不宁，找不到丝毫蛛丝马迹。

却说句容县（今位于南京市东部）县令史清，一向为官清正，眼看一个月的期限就要到了，他心急如焚。于是，他换下官袍，穿上青布长衫，一个人悄悄地离开了衙门，到乡下去私访。

这一天，史清来到句曲山中，忽然看见一个妙龄少女，身穿绛红色的紧身绡衣，快步如飞地行走在悬崖峭壁间。一路上，她攀藤上树，采摘草药，动作敏捷得犹如猿猴飞鸟。史清眼前顿时一亮，觉得有了希望，就悄悄地跟在这个少女的身后，想要探个究竟。

山路逶迤(wēi yí)，史清尾随了好一阵子，见少女进了溪边的一个山洞，他也毅然跟了进去。又走了一段路，那山洞越来越大，转了几个弯之后，顿觉豁然开朗。前面出现了几间茅草屋，门口围着矮矮的篱笆墙，园子里还种着几畦(qí)韭菜，煞是一派农家风光。史清推门进去，见一个白发苍苍的老太太正在灶台上洗刷碗筷。

老太太回头一看，惊讶地说："这不是史大人吗？今天你怎么到我这穷老太婆家里做客啦？"

史清忙问："老人家是怎么认识在下的？"

老太太哈哈大笑说："当官的认识老百姓不容易，老百姓要认识当官的可真是太容易了。你说呢？"

史清心里咯噔一下，觉得老太太话中有话，他也就真人面前不说假话，把自己这一次私行察访的苦衷和想法都对老太太说了。

老太太听了微微一笑，一边给史清端上来一盅清茶，一边坦然地说："噢，原来是为了这件事。想来大概又是我那小孙女开的玩笑。她年纪还小，史大人别跟她一般见识。等她回来，我会让她把佛珠交还给总督大人的。明天午时之前，史大人到报恩寺塔顶上去拿吧，一准在那里，我保证完璧归赵。"史清一听，暗暗吃惊，不敢怠慢，连连向老太太作揖道谢，然后知趣地退身出来，告辞回城去了。

史清回到句容县衙门，立即派衙役骑上快马，赶到南京向总督大人禀报。总督得信，如临大敌，当即派一员得力副将，率领三千精兵，赶到南京城南，把报恩寺里三层外三层围了个水泄不通。

却说这报恩寺，名闻大江南北，一向被人们视作佛教圣地。早在三国时代，高僧康僧会虔诚祈祷佛祖显灵，佛祖舍利显圣迹，为此，吴大帝孙权建造金碧辉煌的建初寺以作纪念。不想明初一场大火，寺塔全都化为灰烬。到了永乐元年，永乐皇帝为了报答他的生身母亲，不惜重资大兴土木，对寺院进行重建，十万余人足足造了十九年才得以竣工。全寺规模宏大，装饰华丽，堪与皇宫媲美。尤其是碽（gōng）妃殿后的宝塔，有八面九级，高一百一十米，全用清一色的白琉璃装饰，里外全是宝。句曲山中那位老太太别的地方都不挑，偏偏挑中了这么一个峻险的高处来交还佛珠，真不知道她葫芦里卖的是什么药。

这天中午，晴空万里，一轮红日高悬天穹，三千精兵个个摩拳擦掌，绷紧了弓弦，睁大了眼睛，想要看看来人是怎么来还佛珠的。

午时即将到来之际，东北角忽然射过来一道红光，犹如闪电，倏忽之间就不见了踪影。众人仔细再看，那串光灿灿的佛珠已挂在了塔檐的铃铛之下。几个聪明人顿时醒悟过来，立即向那红光射箭，一时之间，千弩齐发，可哪里还来得及！原来，那道红光正是句曲山中那位女侠的身影。等守卫在塔下的士兵开始射箭时，她早已飞出几里外了。

领兵的副将捏了一把冷汗，立即命令健卒攀梯登塔。到了塔顶，轻而易举地取下佛珠后，发现佛珠上还系着一封书信。副将不敢拆看，连忙将书信和佛珠一起护送到总督衙门。

黄太保打开书信，只见信是一个名叫"空空儿"的人写给他

的。书信的大意是:

你这个总督大人自上任以来,欺上瞒下,仗势欺人,横征暴敛,鱼肉百姓。大江南北的百姓早已怨声载道了,多少人咬牙切齿地要控诉你的罪行。你难道就没有一点自知之明吗?今天借这串佛珠给你一点小小的警诫,希望你吸取教训。倘若再不痛改前非,你的脑袋就跟这串佛珠一样,迟早也要挂到塔顶上去的。

黄太保读完这封信,顿觉毛骨悚然,吓得浑身发抖,接着又大病了一场。据说,此后,他的行为果然收敛了不少。

【故事来源】

据清朝朱翊(yì)清《埋忧集》卷六译写。

窦小姑保镖

清朝乾隆年间,山东聊城窦老大武艺高超,远近闻名。他有三个儿子、一个女儿,个个喜欢使枪弄棒。窦老大在城东射书台下开设了一家镖行,专门为各地客商保镖,南来北往,从无一失。当时北方一带各种势力风起云涌,鱼龙混杂,人心惶惶,谁也不敢携带金银财宝出远门。所以一时之间,窦家镖行的生意十分红火。

一次,山东省济南城里有个大官,派得力副将张勇,率领一支一百多头骡子组成的运输队,押运十几万两银子到北京城去。由于上司日期限得很紧,张勇不敢怠慢,当即赶到聊城来找窦老大押镖。谁知道到镖行一看,窦老大和他的三个儿子刚刚押镖出发,镖行中只剩下几个老头子在看家。张勇见状,连声叫苦,坐在门口,沮丧得竟一时站不起来了。

这件事传到内宅之中,被窦老大的小女儿窦小姑知道了。她把辫子一甩,风风火火地去找娘商量,说:"娘,让我去跑一趟吧。"

她娘吓了一跳,对她说:"哎哟哟,你今年才十六岁,一个黄毛丫头,怎么说话一点也不知道轻重呢?"

小姑说:"娘,这事我早就盘算过了。万一路上有个三长两短,丢了镖银,固然会坏了窦家镖行的名声,但是话又要说回来，如今镖银到了行里，我们堂堂窦家镖行却派不出个人去押镖，不是也会让江湖上的人耻笑吗？"

她娘想了想，还是不放心，又说："你父亲押镖这么多年，那是高山上吹喇叭，名声在外，各地绿林好汉轻易不敢来劫镖。只是此番押镖，要经过直隶黑风寨，听说黑风寨寨主黄天狗，十八般武艺样样精通，他早就放出过风声，说要找个机会跟窦家镖行决一雌雄。连你父亲都要防他一手，你岂能麻痹大意？"

小姑微微一笑，说："是骡子是马，总得拉出来遛遛才是。娘，你就让我去试一试嘛。"

她娘一向宠爱这个小女儿，经不住她一阵软磨，终于答应下来。窦小姑当即换成少年男子的打扮，又取出三角红绸做成的窦家镖旗，让伙计高高举起，威风凛凛地押着这支骡队上了路。

走了六七天，眼看离黑风寨只有十几里路了，天色将近黄昏，路边正好有一家客店，窦小姑就吩咐骡队在此歇夜。

大队人马进了客店，说笑逗闹，热闹非凡。窦小姑自知责任重大，就一个人坐在客店门口，沏了一壶茶，在那里浅斟慢饮，她随身携带的硬弓搁在边上的墙角处。窦小姑正在喝茶，忽然从一边过来两个五六岁的娃娃，一男一女，嘻嘻哈哈地玩着捉迷藏。男孩子手里拿着一根烧焦了的树枝，枝头上还在丝丝冒烟，女孩子吵着向他要，他不肯给，于是一个追，一个逃，嘻嘻哈哈地好不热闹。窦小姑见是两个娃娃，自然毫不提防。两个娃娃一直在窦小姑的身边兜来兜去，闹了一阵子，又到别处去了。

第二天一早，镖队又上了路。经过一片松树林时，一群盗贼突然从林子里蹿出，个个明火执仗，牵了骡子就往林子里走。窦小姑大喝一声，张弓就射。谁知道"嘣"的一声，老粗的一根弓弦居然断了。小姑仔细一看，断处有用火烤过的痕迹，这才恍然大悟，原来昨天傍晚的那两个娃娃是奸细。好在小姑是个聪明绝顶的姑娘，吃一堑长一智，知道这时候千万不可鲁莽，于是一挟马，转头就往回走。到了离开盗贼稍远一点的地方，她赶忙把弓弦重新接上，试一试，蛮牢固的，这才跃马上前追赶。追了好一阵子，来到黑风寨口，只见驮着镖银的骡子已经有一半进了寨门，窦小姑怒火中烧，大喝一声："大胆歹徒，你们居然不认识窦爷爷了吗？"说罢挽弓就射，将一名盗贼射倒在地。窦小姑一时性起，"嗖嗖嗖"一阵乱射，又有十几名盗贼中箭身亡。

黑风寨寨主黄天狗在一旁看得真切，知道今天遇上了煞神，连忙高声说："且慢且慢！小人有眼无珠，冒犯了贵镖局，务请多多恕罪，多多恕罪！"说罢，又一迭声吩咐手下的喽啰（lóu luo），快把骡队全数送出寨门，同时又派人抬来酒肉饭食，犒劳窦小姑的手下。

窦小姑见一场劫难烟消云散，这才吁了一口气。这边黄天狗满脸堆笑，对窦小姑说："窦爷，听说你要路过敝寨，我早已备下薄酒一杯，还望窦爷赏光。"

窦小姑朝他看看，心里想：兵来将挡，水来土掩，去就去吧。于是点了点头，就进了寨门。

黑风寨果然名不虚传，小小的寨子里什么都有。大厅上灯烛辉煌，耀如白昼，桌面上山珍海味，样样具备，好不气派！酒过三巡，黄天狗拔出一把亮闪闪的匕首，戳起一大块羊肉来，送到窦小姑跟前，笑微微地说："来来来，区区薄礼，不成敬意。"他打算等窦小姑一开口，就直刺过去。

窦小姑知道来者不善，轻轻地说了一声："不敢！"当即把羊肉和匕首全都用嘴巴接住了。黄天狗乘势想往里刺，谁知道却怎么也刺不进去。就在这时，只听得"咯嘣"一声，匕首已经被窦小姑咬断了！

小姑抬起头来，看见两只乳燕正在梁间飞翔，当即张开嘴来，"扑"的一声，只见那咬断了的刀尖像利箭似的直射梁间，一只乳燕应声坠地。

黄天狗一见，大惊失色，愣了好一阵子，才开口说道："虎父无犬子，果然名不虚传。从此以后，我黄天狗愿意投拜在窦家门下，还望公子不要嫌弃。"

窦小姑哈哈大笑，说道："不打不相识嘛，好说，好说！"

黄天狗又说："你们窦家的红色镖旗，如今常被人假冒。希望今后公子押镖，在红旗上再缀两条白带，那么燕赵一带的绿林好汉就谁也不敢来找麻烦了。"说罢，又恭恭敬敬地把窦小姑送出了寨门。这样，骡队驮送的镖银，分文不少，一路平安，直抵京都。

一年之后，绿林中人才知道，那次黑风寨黄天狗遇见的窦家公子，原来是个十六岁的女孩！他们不禁肃然起敬，说道："连个女孩子都这么厉害，就更不要说窦家父子了。"于是聊城窦家镖行名声大噪，各路绿(lù)林好汉一看见窦家的镖旗，都躲得远远的。

【故事来源】

据清朝须方岳《聊摄丛谈》译写。

庄麟放鲤

山西临县有个庄稼汉，名叫庄麟，二十来岁，还没有结婚。

这年的一个夏天，庄麟在田里干完农活后，热得浑身冒汗，就跳到河里痛痛快快地洗了个澡。洗澡的时候，忽然看见远处有一条大鲤鱼，正在一张大网里挣扎着，泼剌剌、泼剌剌地，声音很响。那条鲤鱼大约有一百多斤重，在阳光的照耀下，鳞光闪闪，十分耀眼，但不管它怎样使劲地蹦跳，却总是在网里，无法逃脱。

庄麟游过去，细细一瞧，那鱼儿的鳍不断地抖动着，眼珠一眨一眨的，像是在向他苦苦哀求。庄麟很可怜它，不管三七二十一，过去拨弄一下渔网，把鲤鱼放回河里了。大鲤鱼迅速向河中心游去，一边游，一边不时地回过头来望望庄麟。不多久，一个浪头扑过来，鲤鱼朝浪里纵身一跃，不见了踪影。

几天后，庄麟在田里干活，中午休息的时候，在田头打了个瞌睡，迷迷糊糊地做了一个梦。梦见一位白衣秀才，神采奕奕地骑着一匹高头大马，正向他缓缓地过来。白衣秀才的后面，还跟随着一大帮年轻后生，一个个都长得英俊潇洒，很有精神。

白衣秀才到了庄麟跟前，翻身下马，恭恭敬敬地向他作了个揖，开口说道："庄大哥，我真是太感激你了！要不是你的大恩大德，我早就身首异地了。我问过父亲，得到他老人家的同意，决定将我的妹妹嫁给你，希望你千万不要推辞。"

庄麟有点丈二和尚摸不着头脑，十分惊讶地说："哎哟，你说的什么呀？我只是一个平平常常的庄稼汉，跟你素不相识，对你会有什么恩德呢？再说了，咱们门不当户不对，我一个穷光蛋怎么可以高攀，跟令妹成亲呢？这不是大大失礼了吗？"

白衣秀才见他不愿意，不觉有些着急起来，只好跟他摊了底牌："你真的不记得了吗？我就是几天前被你放掉的那条大鲤鱼呀！你不相信？好，我就全都告诉你吧。我是东海龙王的三太子，那天，为了饱览大河两岸的美景，我变成一条鲤鱼，出来游玩，不想一时疏忽大意，落进了渔夫的网里，无法逃脱。若不是你有好生之德，及时搭救我，我早就被渔夫拿到市场上去卖了！你说危险不危险？记起来了吧？对对对，就是这么回事，你是我的救命恩人。古人云，滴水之恩，当以涌泉相报。我的妹妹生得聪明漂亮，跟你真是天生一对，你为什么要拒绝呢？"

庄麟听了，心里越发不踏实了，想了又想，还是不敢答应这门亲事，就皱着眉头跟他说："桥归桥，路归路，陆上和海底毕竟不相通，令妹怎么能嫁给我这个庄稼汉呢？这事我总觉得有些不妥。你的这番深情厚谊，我心领了，可这门亲事我还是不能答应。"

白衣秀才劝了老半天，庄麟还是双手直摇。他长叹一声，只好从怀里取出一颗光彩夺目的水晶来，送给庄麟，诚心诚意地对他说："这个小礼物，你务必要收下。如今旱魔逞凶，祸害黎民，田地龟裂，禾苗缺水，你只要用这颗水晶向天祈祷，天上就会降下倾盆大雨，给老百姓带来丰收的。你要多保重哇，我们后会有期。"说罢，他依依不舍地告别了。

庄麟一觉醒来，太阳正照在当头，看看旁边，果然有一颗闪闪发亮的水晶。他高兴得跳了起来，拿着水晶往家跑，拉着正在发愁的乡亲们去求雨。

起初，大家都不相信他的话，就这么一颗水晶，跟雨水能有什么关系，都说他在大白天说梦话。庄麟二话没说，从怀里取出水晶，对着天空，默默祈祷。不到一袋烟的工夫，天空果然黑云密布，雷电交加，倾盆大雨哗哗地下个不停，快要枯死的庄稼顿时苏醒过来。这一年，临县方圆百里喜获丰收，乡亲们高兴得流下了热泪，都来感谢庄麟。

从此以后，每逢这一带遇上大旱，乡亲们便请庄麟拿出水晶来祈祷，倾盆大雨马上从天而降，十回就有十回都是灵验的。乡亲们都亲热地称呼他为"雨师庄老"，把他当成了活菩萨。

到了清世祖顺治初年，庄麟已经七十多岁了，但身子骨还是十分硬朗。后来，在临终前三天，他又做了一个梦，梦见那个白衣秀才又骑着高头大马来拜访他，两个人在一起说了不少话，分手的时候，白衣秀才和蔼地对他说："你的寿命快到尽头了，这事我实在没办法再帮你。那颗水晶还是交还给我吧。"庄麟点点头，平静地从怀里取出水晶，亲手交还给秀才。后来，他就死了。

庄麟去世之后，当地为他举办了隆重的丧礼，成千上万的人都赶来为他送葬。为了世世代代纪念他做的好事，人们在那条大河的边上替他修了一座祠堂，取名为"放鲤祠"。祠堂正中挂着一幅庄麟的画像，栩栩如生，人们都说跟他活着的时候一模一样。

【故事来源】

据清朝李调元《尾蔗丛谈》译写。

柳神护城

清朝嘉庆六年（1801年），黄河发大水，北京以南的大片地区被洪水淹没，灾情十分严重。护城河涨上来的水，已经跟保定府新安县（今河北安新）的城墙差不多一样高了。新安的官吏和老百姓站在城垛上，看着城外来势汹汹的洪水，一个个都愁眉紧锁，却束手无策。洪水只要再稍稍上涨一点，全城百姓就都要喂鱼鳖了。

这天大清早，城墙上忽然站着一个披头散发、打着赤膊的年轻汉子。他穿一条短裤，赤手空拳，怒目圆睁，指着城外的滔滔洪水，大声呵斥："我是柳神。你听好了！你想趁今年的水势摧毁新安城，来跟我决斗吗？老实告诉你，你要决斗，尽可以冲着我来，为何要连累满城的百姓？百姓无辜，岂容你荼毒？！你等着，看我怎么收拾你！"他一边怒骂，一边摩拳擦掌，准备着大战一场。

不一会儿，洪水汹涌，水面上露出一头野兽，像龙，又像是狮子，头大得像个车轮，还长着四只尖尖的角，长七八尺，煞是怕人。那野兽咆哮着向城墙冲了过来，西北角的城墙顿时被它撞出了一条裂缝，从墙顶到墙脚足足裂开了五六尺宽。那野兽想从裂缝里冲进来。年轻汉子不敢怠慢，从脚底下挖起一把泥土，朝有裂缝的地方一洒，再过去用脚踩了几下，偌大的一条裂缝就合上了。他又从城墙边的柳树上折下一根柳枝,指着城外的野兽大骂:"混账东西,你还不走!"随手就把柳枝扔到了洪水中。

说时迟,那时快,那柳枝一到水中,刹那间就变成了千万根柳枝,"嗖嗖嗖"地朝野兽射去,像是千万支弓箭,势不可挡!顷刻之间,波涛汹涌,狂风大作,乌云四起,天昏地暗。又过了一会儿,云开日出,天边又亮了起来,却见城外洪水竟是红色一片,腥气冲天,城墙的雉堞(zhì dié)*也被鲜血溅得通红!城里的士兵和百姓至少有几千人目睹了这惊心动魄的一幕。城外的洪水已开始哗哗地迅速退去,不一会儿工夫,原先的河岸又都看得见了,河水在河道里流淌着,不再漫过堤岸了。

雉堞
古代在城墙上修筑的矮而短的墙,守城的人可借此掩护自己。

大伙儿又去看那城墙,刚才被恶兽撞裂的地方竟看不出一点儿裂痕。全城的百姓欢欣鼓舞,可是谁也不知道这中间的缘故。

再去看那个立了大功的年轻汉子,他已经晕倒在地,不省人事了。大家把他抬到屋里,给他灌了些参汤,他才慢慢地苏醒过来。但问他刚才是怎么回事,他却什么也说不上来。

这究竟是怎么回事呢?

城里一位一百多岁的白胡子老公公,捋着胡子,颤颤巍巍地说出一个故事来:

那还是在雍正元年(1723年)的时候,城外住着一个年轻姑娘,家中世代务农,一贫如洗,日子过得很艰难。姑娘长得非常漂亮,到了该出嫁的年龄,却还没有定亲。

那年立夏刚过,姑娘在城河里洗衣服,看见河边有一棵老柳树,也不知道有多少年了,树干弯弯的,一直横着向水里伸去。姑娘一时高兴,就攀着树干爬过去,坐在树干上洗衣服。洗着洗着,看见树干上垂下来几缕绿茵茵的苔丝,蓬蓬松松,滑滑溜溜，煞是可爱，于是她一边用手摩挲苔丝，一边欣赏着水中的柳影。波光粼粼，树枝晃晃悠悠，此情此景勾起了姑娘的无限情思，她想：自己将来的心上人究竟是什么模样？想到这里，竟然怦然心动起来，她红着脸，羞答答地上了岸。

谁知道打这以后，姑娘的肚子竟莫名其妙地一天天大了起来。她的爹妈吓坏了，一个劲儿地追问，这究竟是怎么回事？

姑娘眼泪汪汪地说，自己从来没跟男人有过苟且之事，想来想去，就是那天坐在柳树上洗衣服时，心里有过一阵异样的感觉。

爹妈哪里会相信这种事情，一口咬定女儿在说谎，还打她。到第十个月时，孩子生不下来，后来肚子越来越大，到了第十八个月，还是生不下来。

这天黑夜四更，家里人都睡着了，姑娘一个人偷偷地来到后园的水井边，哭着说："我无缘无故地怀了孕，害得爹妈丢脸，整天生气，乡邻们也指着背脊唾骂我，我活着还有什么意思呢？只是肚子里的孩子是无辜的，为什么都到十八个月了，还是生不下来呢？孩子的父亲是谁，我到死也不知道，我怎能甘心？！倘若井神有灵，请保佑我的尸体不会变色。"说罢，她纵身跳了下去。

正在千钧一发之际，姑娘的哥哥赶来了。他拼命去拉，勉强拉住了姑娘的两只脚，想把她拉上来。可姑娘不肯，仍挣扎着要跳下去，哥哥死命拉住。就在两人相持不下的时候，姑娘忽然觉得肚子一阵绞痛，竟生下一个孩子来。

说来也怪，那孩子一落地，见风就长，不一会儿就长成一个高高大大的汉子了，绿面孔，绿头发，还穿着一身绿衣裳。他跪下去向娘叩头。

可这时候，姑娘已经死了。

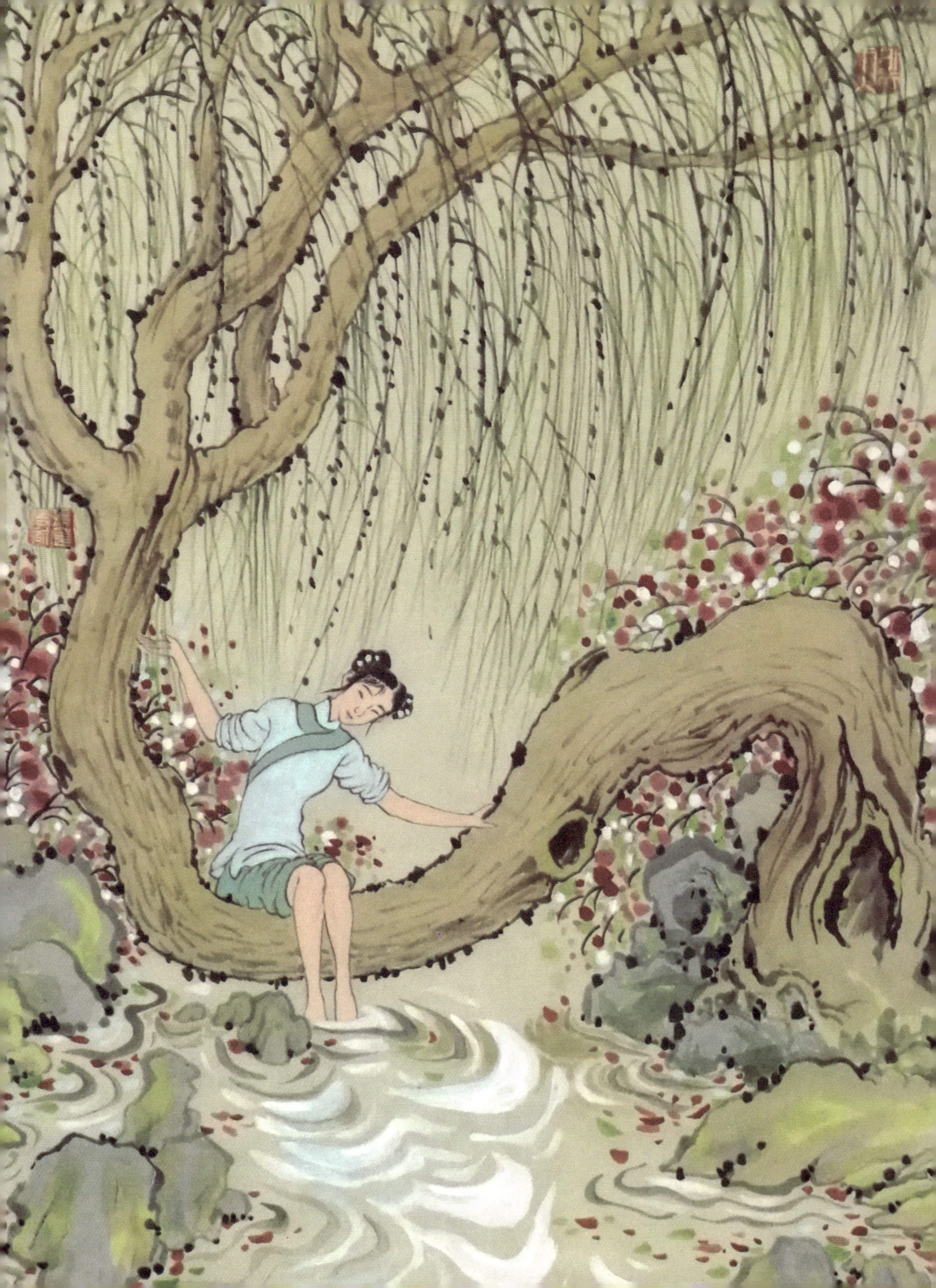

孩子抱着娘的身子号啕大哭。哭完了，他对舅舅说："舅舅，我是柳神的儿子。现在我出世了，却害死了我娘，你说我苦不苦？我娘为了我，受了那么多冤枉，谁来替她表白？现在只好拜托舅舅了。请舅舅将我娘埋葬在村东的空地上，立上石碑。我现在要到金沙岛去找我爹了。一百多年之后，新安城将遇上一场大洪水，到时候我会来救乡亲们的。"说罢，天空忽然刮起一阵大风，飞沙走石，天昏地暗，等姑娘的哥哥再睁开眼睛来看时，孩子已经不见了。

他马上叫来全家人，看见姑娘已经没救了，一家人好不伤心。他们为姑娘置办了棺材，停在家中，一直到第四天才入殓。入殓的时候，那姑娘的脸色还是红扑扑的，和活着的时候一模一样。

柳神的儿子拯救了全城的百姓，保护了母亲的坟墓。从此以后，这个故事就在当地流传开来。据说，姑娘的坟墓至今还在。

【故事来源】

据清朝高继衍《蝶阶外史》卷三译写。

智擒水上飞

那还是在清朝道光年间,福建泉州府衙门里发生了一桩盗案。门不破,窗不开,神不知鬼不觉的,一笔巨额钱款就不翼而飞了。知府大发雷霆,勒令手下的捕快限期破案。

当时泉州府的捕快头目叫唐豹,原是名闻遐迩的武林高手,干这个差使十多年了,还没有失过手。这一次从知府大人手中接过拘票,一开始也踌躇满志,召集手下一班捕快,四处奔波,可是限期到了,唐豹却依旧两手空空。知府盛怒,来了个公事公办,当场将唐豹打了二百大板。唐豹被几个徒弟搀扶着,满脸羞愧地回了家。

唐豹在家待了七八天,闲不住,就一个人来到北门外的一家茶馆里,泡了一壶茶,慢慢消磨时光。这里是进出泉州的交通要道,士农工商、三教九流各色人等全在此歇脚。

这天傍晚,一个眉清目秀、风度翩翩的青年书生进了茶馆。他身穿一件雪白的缎子长衫,手拿一把嵌金镶玉的折扇,要了一壶乌龙茶,独自一人慢慢品尝起来。处处都显示他的身份非同一般。

唐豹心中咯噔一下。为啥?这种城外的茶馆,虽然热闹,但是格调不高,不能跟城里的大茶馆相比,有身份的人轻易是不肯进城外这种小茶馆的。今天这个青年人,显然跟这里正在喝茶的

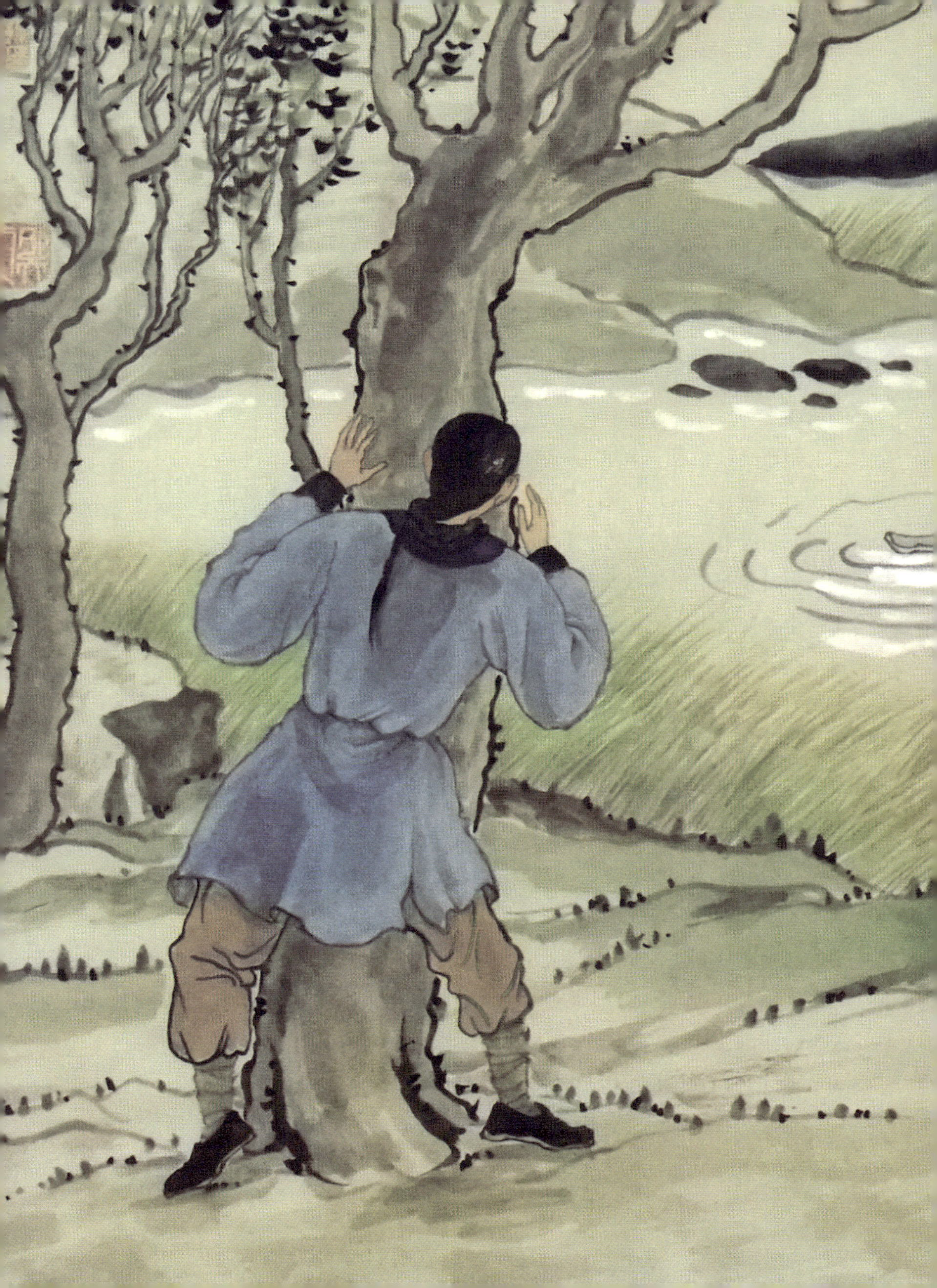

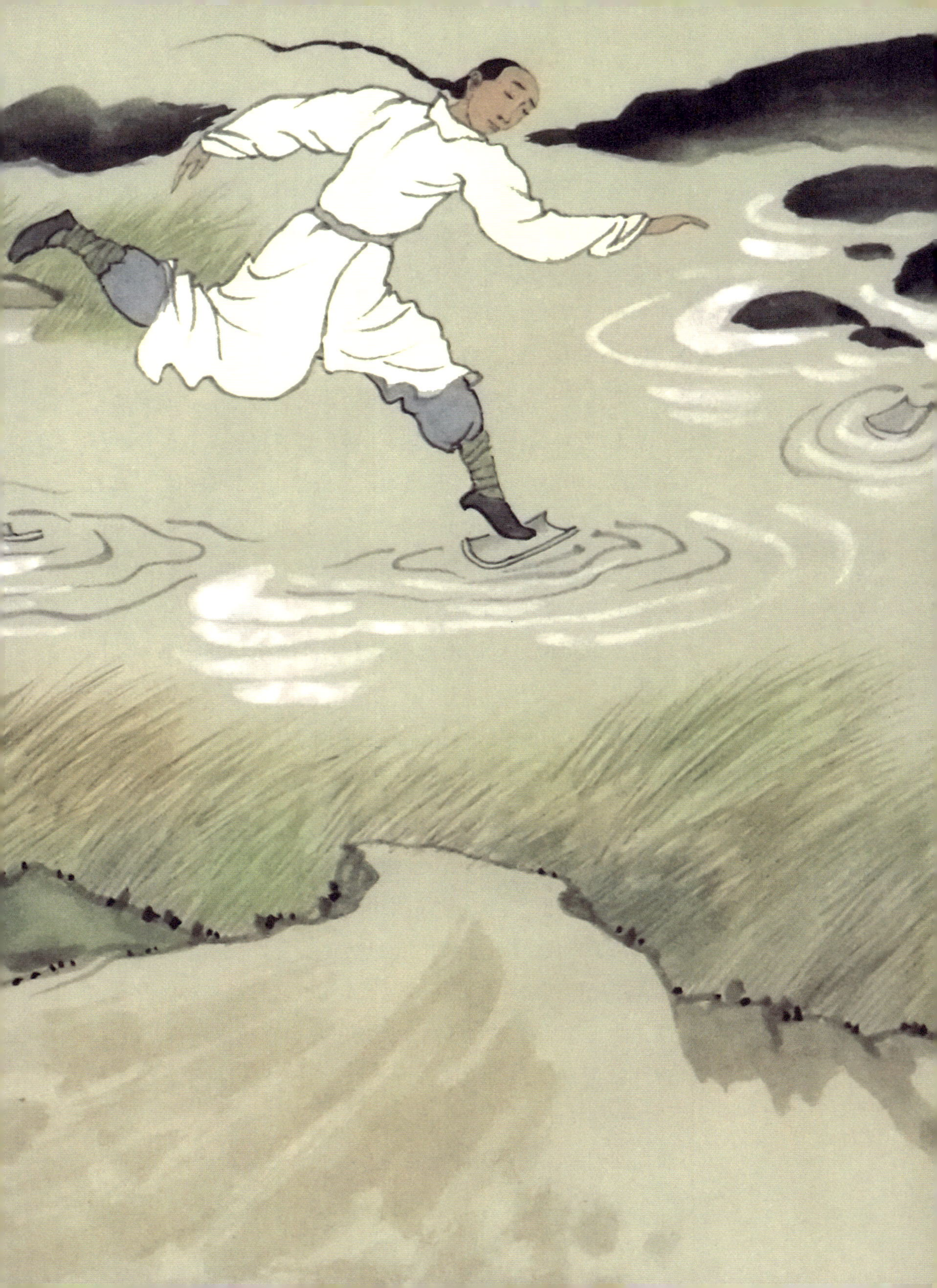

乡下人有些不一样，唐豹对他多留了点儿神。

不一会儿，那青年书生喝了口茶，漫不经心地剔了剔指甲，这一剔，指甲里竟窸窸窣窣地掉下一些黄泥碎末来。那人轻轻一吹，碎末子不见了踪迹。这个动作极细小，却没能逃过唐豹的眼睛。唐豹想："看他的风度，是个读书人。读书人四体不勤，五谷不分，指甲里怎么会有黄泥碎末子呢？如果他是个种田人，要上山砍柴，那为什么又装扮成这种模样？"左思右想，他觉得有些蹊跷，就不动声色地站起身，走过去跟他攀谈起来。

一攀谈，听得出这人不是当地人，虽然也会说泉州话，却总露出点北方口音。唐豹十分老练，尽量不显山露水，但不知怎么，那人还是从他的眼神里觉察到了一些不对劲儿，当即站起身，一拱手，就离开了茶馆。

唐豹不敢怠慢，也悄悄地跟了出来，始终与青年书生相隔二十来步远。

走着走着，前面有一个偌大的池塘挡住了去路，只见那青年随手从地上拾了几块瓦片，贴水面扔去。说时迟，那时快，他一纵身，顺势就用足尖点着那些瓦片，"嗖嗖嗖"地跃过了池塘。

唐豹见状，吓了一大跳。早就听说江湖上有"水上飞"的功夫，却从来没见过，今天一见，果然名不虚传，不觉吓出一身冷汗。他加快了步伐，绕过池塘，继续穷追不舍。

那青年见他还跟在后面，索性不走了，转过身来对他说："这位好汉止步。你家住在哪里？今天夜里我会登门拜访。"唐豹一听，索性就把自己家的地址告诉了他。那人拱了拱手，说了声"再会"，就扬长而去。

唐豹回到家，把白天的发现一五一十地告诉了妻子。将近三更时分,夫妻二人还在床上细声细气地说着这事时,忽听耳边有人说:"承蒙厚爱,小弟拜见!"唐豹连忙拔刀起身,却不见来人的踪影。仔细一查看,门已关好,但原先从里边闩上的门闩,已被拨落,掉在了地上。唐豹问他妻子:"你说这小子来干什么?"妻子说:"听口气,像是要交朋友的样子。"唐豹说:"没那么简单,怕是在投石问路吧。"说罢,他闷声不响,拾几块砖头,把床脚一一垫高,使它比原先高出一尺,然后仍旧睡在床上。

四更时分,忽见窗外一道白光,"啪"的一声,一把匕首直接刺进了床架子的木框里。唐豹在床上"扑哧"一笑,对外面说:"可惜低了点。"翻身起床,还是不见来人的踪迹,只见那把匕首闪闪发亮,锋利无比,吃进木框子两寸多深,唐豹铆足了劲头才把它拔出来。

唐豹对妻子说:"估计今夜他不会再来行凶了,放心睡吧。"

果然一夜无事。天刚蒙蒙亮时,唐豹忽然发现床头桌子上有一只金元宝和一把利剑,估计又是那人故意留下的。

唐豹微微一笑,问妻子:"江湖上的规矩,两样东西可以留下一样,你看留什么?"

妻子说:"留金子吧。"

唐豹摇摇头说:"不行,留金子不留剑,说明我这个人重财轻命,自然也就性命难保;倒不如留下利剑,看他怎么办?"说罢,他把金元宝放到了外面的窗台上。

天亮时,唐豹开门出去看,窗台上的金元宝果然不见了。

唐豹的性命是保住了,那年轻人却从此不再露面。唐豹无法向知府大人交差,仍然忧心忡忡,只好拖着疲惫不堪的身躯,在城里城外四处走动,希望能有所发现。

这天,张家村有庙会,请来了一个有名的戏班子表演《白蛇传》,四乡八里的乡亲们都赶去看戏,大路上熙熙攘攘,被挤得水泄不通。唐豹一看大路人多,就想走小路。走着走着,忽然看见前面有个瘦骨嶙峋的老和尚,估摸有六七十岁,走起路来脚步却格外轻盈。前几天刚下过大雨,野地里坑坑洼洼,都是积水,而那老和尚在水面上行走,竟连瓦片都不需要,"嗖嗖嗖"地,身轻如燕,一双鞋一点也没有沾湿。嚯!看来这人的功夫在那青年之上!于是,唐豹不由自主地跟在了老和尚的后面。

老和尚发觉有人跟踪,便加快了步子。唐豹追得气喘吁吁,眼看就要追不上了。老和尚忽然回过头来,问道:"居士紧追不舍,有何贵干?"

唐豹连忙跪下叩头,说道:"晚辈遇上了一件难事,想请大师指点迷津。"

老和尚哈哈大笑说:"深山老林里的穷和尚,能知道些什么?不过你既然这么诚心,就到我的茅庵中喝一杯茶吧。"

唐豹这才松了一口气,谢过老和尚,跟着一起上了山。在半山腰,果然有座破庵,断墙残壁,破陋不堪,看上去也只能是避避风雨而已。庵里有个行者,脸孔蜡黄,像是得了什么大病,正佝偻着身子在扫地。行者见和尚进门,就到后面灶间去烧水了。

老和尚笑笑说:"怠慢了,连个凳子也没有,请在这个破蒲团上坐下,歇歇力吧。"

唐豹谢过和尚,就在破蒲团上坐下,把泉州知府衙门如何失窃巨额钱款,知府大人如何限期破案,他唐豹又如何百般无奈地眼看自己性命难保等等,细细诉说了一遍,恳求高僧搭救。

老和尚说:"这跟老僧又有什么关系呢?"

唐豹说："晚辈曾见过贼人一次，他身轻如燕，能点瓦渡水。今天见大师渡水，竟连瓦片也不用，内功远在贼人之上。只要大师肯救晚辈性命，答应出山，准能将贼人擒拿归案。倘若大师不肯出山，晚辈今天死也不出这庵了！"

老和尚听到这里，只得长叹一声，说道："老僧一向谨慎，今天急于回山，一时疏忽，竟还是让你识破了。既然如此，你倒说说看，那个会水上飞的贼人是什么模样？"

唐豹就把那个青年的模样细细地说了一遍。老和尚一听，捋捋胡须笑了起来："原来是个嫩娃子。"接着向灶间喊了一声："雪了。"

灶间里答应一声，进来的正是那个面孔蜡黄的行者。

老和尚问他："雪了，你还记得我当年的徒弟云拿吗？"

雪了搔搔头皮，想了老半天，才说："噢，想起来了，他是淮北人。最近听人说他到福建来了，却不知他在干些什么。"

老和尚叹了口气，说道："没出息，他居然做起梁上君子来了。"

雪了说："也怪师兄多事，这种人怎么可以收他当徒弟呢！"

唐豹在边上一听，听出点名堂来了，连忙朝行者跪下，说道："请雪了师傅救我！"

雪了伸出两个手指头，把唐豹扶了起来，就像举起一根毫毛那般轻松，而唐豹手臂上被他接触到的地方却感觉一阵麻木，久久不能复原。雪了说："这位居士怎么跟云拿结下了冤仇呢？"

唐豹只得把这件事从头到尾又诉说了一遍。雪了听罢，摇摇头说："官府的事，我可不想插手。"

老和尚看看不行了，只得出来打圆场，对雪了说："官府的事，你我本不该插手。只是这位唐居士要是抓不到云拿，交不出差，不但自己性命难保，妻子和儿女也得跟着遭殃。佛门广大，普度众生，看来我们不出场也不行了。你代我下山走一趟，把云拿这小子拿下。不过他毕竟是我的徒弟，但愿唐居士也能代为在知府大人跟前求个情，免他一死，只求发配边境，让他悔过自新去吧。"

唐豹一听，喜出望外，连忙说："只要能捉住云拿，追还钱款，我唐豹愿以身家性命担保。"

老和尚说："佛门无戏言。"

唐豹当即在菩萨面前发了誓。雪了点了点头，就对唐豹说："你先回去写一个帖子，贴在城门口，就说你要跟云拿比比剑术，邀他上你家去。这帖子一贴，不出三天，云拿一定会露面的。贫僧随后下山，今夜一准赶到你家。"

唐豹一听，喜出望外，辞别了两位和尚，兴冲冲地下了山。到家之后，一面亲笔拟了张帖子，派徒弟张贴到城门口，一面就在家张罗，准备了丰盛的酒肴，迎候雪了和尚。

果然，到了黄昏时分，雪了和尚准时登门，一见酒肴，也毫不客气，一屁股坐下，大吃大喝起来。吃完后，他才说："嗯，差不多了，干正事吧。"

雪了从怀里取出一条细细的铁链子，链子的一头系着一只铁钩子，看上去倒也不怎么起眼。谁知道雪了只轻轻一抖手腕，那铁链就像一条直直的竹竿，要它向上，它就向上，要它向下，它就向下，向左向右也都灵活自如，竟比刀剑还要来得迅猛，唐豹在一边看得发了呆。这边雪了把链子收了起来，对他说："大家都睡觉吧，有什么事，贫僧自会处置。"

唐豹为了防止意外，早把妻子和儿女都送到她娘家去避风头了，他侍候雪了睡下之后，便布置了一大帮徒弟，躲在暗处接应。

眼看三更将过，忽听得屋檐下的暗处传来一阵笑声，有一个人大大咧咧地说："唐豹，你这小子也太放肆了！那天晚上没把你杀死，是你的造化，你居然敢到老虎头上来搔痒，要和我比武。好吧，如今老子来了，你赶快出来。再不出来，我可要烧房子啦！"

话音刚落，忽然听得"嗖"的一声，外面就像有个包袱从屋檐跌落到了地上。唐豹赶紧掌灯出来察看，只见雪了和尚正用三个指头按在云拿的头顶上，而云拿已经老老实实地跪在地上了。

唐豹把云拿带进知府衙门，把捉拿盗贼的经过老老实实说了一遍。这一回知府大人倒不敢怠慢，生怕云拿万一有什么三长两短，山里的那两个和尚来找麻烦，所以他一口答应不杀云拿，只打了三十大板，就把他发配到黑龙江去了。

【故事来源】

据清朝林纾(shū)《技击余闻》译写。

图书在版编目（CIP）数据

顾爷爷讲中国民间故事.明清／顾希佳编写.—北京：北京联合出版公司，2020.5
 ISBN 978-7-5596-4022-2

Ⅰ.①顾… Ⅱ.①顾… Ⅲ.①民间故事—作品集—中国—明清时代 Ⅳ.① I277.3

中国版本图书馆 CIP 数据核字（2020）第 033841 号

顾爷爷讲中国民间故事
　　⑤
　　（明清）

编　　写：顾希佳
总 策 划：苏　元
责任编辑：牛炜征
策划编辑：鲁小彬
特约编辑：鲁小彬
插　　画：高西浪　孙万帅
封面设计：主语设计

北京联合出版公司出版
（北京市西城区德外大街 83 号楼 9 层 100088）
北京联合天畅发行公司发行
北京中科印刷有限公司印刷　新华书店经销
字数 140 千字　710mm×1000mm　1/16　11.75 印张
2020 年 5 月第 1 版　2020 年 5 月第 1 次印刷
ISBN 978-7-5596-4022-2
定价：198.00 元（全 6 册）

未经许可，不得以任何方式复制或抄袭本书部分或全部内容。
版权所有，侵权必究。
本书若有质量问题，请与本公司图书销售中心联系调换。
电话：(010) 64258472-800